온 가족이 캐나다 1년 살기

박상민 지음

크록

Contents

프롤로그

캐나다 1년 살이의 효율

"캐나다 1년 살이, 효율적이었나요?"

이 질문을 받을 때마다 마음이 불편해진다. 효율이라는 말은 계산할 수 있는 숫자나 손에 잡히는 결과를 전제로 한다. 캐나다에서 1년을 살았다고 하면 투자한 시간과 비용 대비 얼마만큼의 성과를 얻었는지 궁금해한다. 그렇다면 캐나다 1년 살이의 효율은 어떤 성과로 판단해야 할까. 영어 실력으로 따진다면, 과연 얼마만큼 잘해야 효율적이었다고 말할 수 있을까? 원어민 같은 영어 발음? 아니면 시험 점수?

하지만 우리 가족의 1년은 이러한 효율의 기준으로 따질 수 없었다. 물론 우리 가족이 캐나다를 선택한 이유에는 영어 교육이 포함되어 있지만, 그것이 절대적인 목적은 아니었다. 온 가족이 함께 캐나다로 떠났던 이유는 어떠한 성과를 증명하기 위해서가 아니라 우리 가족이 함께 익숙한 환경에서 벗어나 낯선 곳에서 생활하면서 서로를 조금 더 이해하고, 함께 시간을 보내는 법을 배우기 위해서였다.

익숙한 일상에서 벗어나야 비로소 보이는 것들이 있다. 너무 가까워서 소중함을 잊고 지낸 가족과 친척들, 바쁘다는 이유로 미뤄두었던 지인들과의 관계는 일상 한가운데 있을 때보다 잠시 거리를 두었을 때 더욱 소중하게 다가온다.

무엇보다 온 가족이 함께 보내는 시간은 늘 부족하다고 느끼면서도 쉽게 붙잡지 못한다. 특히 아이들이 어렸을 때만 가능한 도전은 대부분 삶에서 가장 익숙한 것들을 내려놓아야만 할 수 있는 것들이었다. 그래서 우리는 캐나다로 떠났다. 한국에서의 익숙한 일상에서는 놓치고 있었던 소중한 가치들을 찾아내기 위해서였다. 그래서 캐나다에서의 1년은 효율로 평가할 수 있는 시간이 아니다. 우리 가족이 함께 살아가고 있다는 사실을 확인한 시간이었다.

효율로는 설명할 수 없는 시간을 선택했음에도, 막상 살아보니 현실적으로는 금전적인 내용을 무시할 수 없었다. 줄어드는 통장 잔고, 아이들의 방과 후 활동비, 매달 찾아오는 각종 고지서 등 수입 없이 버텨야 하는 1년은 곧 돈과의 싸움이기도 했다. 이 시간을 성과나 효율로 평가해서는 안 된다는 걸 알고 있었지만, 그럼에도 이성은 계속해서 나에게 물었다. 과연 감당할 만한 선택이고, 그만큼 값어치가 있는 경험이냐고 말이다.

사람들이 말하는 '캐나다 1년 살이의 효율'은 결국 아이들의 영어 실력으로만 평가를 받는다. 무상교육을 활용한 최고의 투자라는 이야기부터 1년은 짧으니 2년은 있어야 한다는 조언들까지. 그러나 그 말들 속에는 보이지 않는 희생이 빠져 있다. 가족이 떨어져 살아야 하는 시간, 한쪽 부모의 빈자리, 혼자 남겨진 이의 외로움 같은 것들 말이다. 저마다의 이유는 있겠지만, 내게는 결코 매력적이지는 않았다.

나의 캐나다 1년 살이는 계산기 앞에서만큼은 가성비 최악이었다. 돈은 많이 썼고 아이들은 능숙하게 영어를 구사하지는 못한다. 1년간 쓴 돈을 국내 학원에 투자했다면 교육적 측면에서 더 효율적이고 가성비 있는 교육이 되었을 것이다. 그러나 나는 나의 선택을 단 한 번도 후회하지 않았다. 그 시간은 우리 가족이 온전히 함께한 시간이었기 때문이다. 기러기 가족이 아닌 함께 웃고 싸우고 부대끼며 보낸 우리만의 시간이었다. 언젠가 아이들이 이 시간을 떠올릴 때 우리 부부 또한 같은 장면을 기억할 수 있다. 그 사실 하나만으로도 나는 충분하다.

이 책은 캐나다 1년 살이가 효율적인 영어 투자라고 소개하려는 책이 아니다. 오히려 그 반대다. 나는 이 시간을 통해 효율이라는 잣대가 얼마나 무력한지를 배웠다. 우리가 얻은 것은 시험 점수로 확인할 수 없고 환율로 계산할 수 없다. 또한 말로 쉽게 설명되지도 않는다. 비록 형태는 없지만 우리의 기억 속에 분명히 존재하는 평생 공유할 수 있는 가치다.

이 시간은 온 가족이 함께 만들어 낸 하나의 서사이자 단 한 번의 시간이다. 돈보다 중요한 것은 언제나 사람, 그중에서도 가족이 아닐까? 이 책은 바로 그 가족에 관한 이야기를 담고 있다.

part. 1

떠나보자,

캐나다로

내 인생의 버킷리스트

아내는 상상하는 것을 좋아한다. 하지만 그 상상력을 현실로 옮겨야 하는 나로서는 도무지 이해되지 않는 것들이 많다. 한 달 해외살이가 그랬다. 아내는 한 달 해외살이를 꿈꿨다. 그리고 나는 그 말을 실현시킬 방법을 궁리했다. 한 달 휴가를 낼 수 있는 방법을 찾아보고 항공권부터 숙소, 현지에서 쓸 생활비가 얼마일지 계산기를 두드려봐야 했다.

모든 것을 현실적으로 생각하는 나와는 달리 아내는 이상을 좇는 성격이다. 아내는 하고 싶은지 아닌지를 먼저 이야기하고 나는 할 수 있느냐 아니냐부터 따졌다. 그래서 이러한 일은 우리 부부에게 늘상 있는 일이었다. 그리고 대부분은 현실이 이상을 앞섰다.

하지만 이번에는 조금 달랐다. 아내에게 한 달 해외살이는 단순한 여행이 아니라 새로운 환경에서 살아보며 얻을 수 있는 경험이었다. 하지만 그 꿈을 실현시키는 나에게는 계산, 계획, 부담일 뿐이었다. 현실적으로 불가능하다고 답을 내렸지만 마음은 어느샌가 아내의 이상을 따라가고 있었다. 아내의 꿈을 이뤄주는 일 이상의 무언가가 내 가슴에서 피어나고 있었다. 정말로 해외에서 한 달을 살아볼 수는 없을까?

일단 현실적인 문제는 제쳐 두고 온 가족이 한 달 동안 해외를 여행하는 상상을 해보았다. 출근 때문에 분주하지 않아도 되는 여유로운 아침, 새로운 공간에서 마주하는 신선함은 생각만으로도 좋았다. 게다가 그냥 여행이 아니라 한 달 동안 그곳에서 지내는 일이다. 현지인들과 함께 생활하며 다양한 문화를 경험할 수 있다는 사실은 기대와 흥분을 자극하기에 충분했다. 아내의 제안은 우리 가족 모두가 공유할 수 있는 추억이 되리라 확신했다. 이번에는 현실보다는 이상을 따라야 할 때였다. 며칠 뒤, 나는 아내에게 다시 물었다.

"나도 가는 거지?"

아내의 얼굴에 당황한 기색이 역력했다. 표정을 보니 아마도 심사숙고해서 이야기한 게 아니라 즉흥적으로 이야기한 게 아닌가 싶었다. 상대방은 별생각이 없었는데 혼자 진지하게 고민한 셈이었다. 조금은 바보 같다는 생각도 했지만 이상하게 아내에게 실망하거나 화가 나지는 않았다. 오히려 평소와는 달리 아내의 제안을 발전시키고 싶었다.

나는 대학 시절 뉴질랜드로 배낭여행을 떠났었다. 학생 신분이었기에 조금이라도 경비를 절약하고자 호스텔에 묵었다. 여행객들과 방을 공유한다는 점은 불편했지만 같은 방을 썼던 독일인 모녀 덕분에 꿈이 생겼다. 아직도 그분들을 잊지 못하는 이유는 복장 때문이다. 보통 부모와 자녀가 함께하는 여행이라면 좋은 숙소에서 맛있는 음식을 먹고 예쁜 옷을 입고 관광지를 둘러보지 않나? 그래서 처음에는 이 둘을 코치와 운동선수라고 생각했다. 땀에 젖은 운동복에 피부도 새카맣게 그을려 있었기 때문이다. 하지만 운동선수라고 하기에는 일반인보다 다부지다는 느낌이 없었고 나이도 너무 어려 보였다. 같은 방을 사용하다 보니 자연스레 말을 섞게 되었는데, 그때 이 둘이 모녀라는 사실을 알았다. 나의 선입견이 완벽하게 부서진 순간이었다. 그 모녀는 하이킹 여행 중이며 한 달 동안 뉴질랜드의 남섬을 모두 돌아보는 것이 목표라고 했다. 나는 그녀들과의 대화에서 가족이 한 달 동안 해외여행을 할 수 있다는 사실을 그때 처음으로 알았다.

그때부터 가족들과 함께하는 한 달 해외살이는 나의 버킷리스트가 되었다. 그리고 이번에 이를 실현할 기회가 찾아온 것이다. 아내의 제안은 단순히 순간 떠오른 몇 가지 단어의 조합이 아니었다. 나의 버킷리스트 그 자체였다. 그래서 불가능하고 비현실적이라고 느꼈던 제안을 진지하게 생각할 수밖에 없었던 것이다. 그러나 아무리 버킷리스트라도 현실을 배제할 수 없었다. 한 달 동안 해외에서 살기 위해서는 어떠한 문제를 해결해야 할까. 우선 세 가지만 해결하면 아주 가능성이 없어 보이지는 않았다.

가장 먼저 예산이다. 한 달 해외살이에는 얼마가 필요할까? 우리 부부가 감당할 만한 수준일까? 아무리 검색해 보아도 정보가 부족했다. 대부분이 엄마와 자녀들이었고 아빠가 동행한다고 해도 5인 가족의 경우는 드물었다. 하지만 여행 경비는 큰 문제는 아니었다. 어차피 생활비는 한국에서도 지출되기 때문이다. 게다가 한국보다 물가가 저렴한 곳이라면 생활비는 오히려 줄어든다. 설사 예산이 부족하더라도 마이너스 통장이라는 멋진 제도를 이용하면 된다. 미래의 내가 조금 힘들겠지만 말이다. 인간은 돈과 경험의 사이에서 언제나 경험을 선택한다. 돈은 결국 부차적이라는 뜻이다. 아무리 돈이 많이 든다고 하더라도 맞벌이 부부가 감당하지 못할 수준은 아닐 것이다.

오히려 돈보다는 직장이 문제였다. 한 달 살이를 위해서는 한 달의 휴가가 필요하다. 나의 휴가 때문에 직장 동료가 내 업무를 떠맡아야 한다는 점이 가장 마음에 걸렸다. 하지만 다른 사람 때문에 내 가족의 경험을 취소하고 싶지도 않았다. 그래서 조금은 이기적으로 생각하기로 했다. 동료들에게 미안하지만 사전에 시간을 가지고 준비한다면 해결할 수 있을 것으로 보였다.

마지막으로 언어의 문제다. 한 달 살이를 한다면 그곳 사람들과는 한국어가 아닌 현지인이 사용하는 외국어로 소통해야 한다. 언어는 짧은 기간 안에 완벽하게 준비할 수 없다. 다만 영어는 세계 공용어이니만큼 단어만으로 간단한 의사소통은 가능하다. 그러니 영어권 국가로 향하면 괜찮을 듯싶었다.

이외의 문제는 준비 과정에서 충분히 대처가 가능하다. 따라서 세 가지만 해결된다면 해외 한 달 살이는 비현실적이고 불가능한 선택이 아니라는 결론을 내렸다. 그러자 아내를 설득해야 한다는 새로운 문제에 맞닥뜨렸다. 아내도 직장을 다니다 보니 상황은 나와 다르지 않았기 때문이다. 가족 모두가 해외 생활을 경험할 수 있는 좋은 방법이 없을까? 아니면 한 달이 아니라 6개월, 혹은 더 오랫동안 나가는 것은 어떨까? 이왕 해외에서 살아보기로 했으니 한 달보다는 그편이 나아 보였다. 1년 정도면 그 나라 문화를 더욱 깊게 경험할 수 있을 테니 한 달 살이와는 느낌이 전혀 다르다. 온 가족이 해외에서 1년을 살아가는 모습을 그려 보니 가슴이 뛰기 시작했다. 내 인생에 다시 찾아오지 않을, 버킷리스트를 실현할 수 있는 기회였다.

한 달에서 1년으로 기간을 바꾸고 나니 어디로 가야 할지 고민이 되었다. 1년이나 머무를 예정이니 아이들은 그곳에서 학교도 다니고 친구도 사귀며 한국과는 다른 문화를 접하게 될 것이다. 해외살이는 어른에게도 좋지만 이러한 점에서 본다면 아이들에게는 더없이 좋은 기회가 아닐 수 없다. 그렇다면 역시 영어권 나라가 좋지 않을까? 영어는 필수 교과 과정이기도 하니 분명 도움이 될 것이다. 그렇게 생각하자 반드시 1년 해외살이를 떠나야겠다는 결심이 섰다. 이제는 돌이킬 수 없었다.

영어가 모국어인 나라는 영국, 호주, 뉴질랜드, 미국, 캐나다 정도다. 영국은 날씨 때문에, 미국은 왠지 불안해서 탈락이다. 호주는 내가 1년 동안 생활했던 곳이며 뉴질랜드도 여행을 해 보았던 나라였으므로 둘 다 선택지에서 배제되었다. 그러자 남은 나라는 캐나다뿐이었다. 하지만 단순히 그래서 선택한 것은 아니다. 캐나다는 나에게 아쉬움과 미련이 남은 나라다. 대학생 시절, 캐나다 1년살이를 준비했다가 취업이 되는 바람에 포기했었기 때문이다. 그때 이루지 못한 꿈이 계속 내 마음속에 남아 있었다. 그래서 캐나다라는 단어를 보자마자 망설임 없이 선택했다. 우리 가족은 캐나다에서 1년을 살 것이다.

나라를 정한 뒤로는 일상생활에 관한 것부터 아이들 학교까지 차근차근 정보를 모았다. 그러다 캐나다에서는 부모 중 한 사람이 공부하면 아이들 교육비가 무료라는 사실을 알았다. 주마다 차이는 있지만 어른 한 명의 교육비로 자녀 모두 무료로 교육을 받을 수 있는 셈이다. 영어를 배울 수 있는 최적의 기회가 우리 아이들에게 주어질 수 있다니. 더 이상 망설일 이유가 없었다. 무조건 캐나다에 가야 한다는 생각뿐이었다. 그래서 그 계획을 아내에게 털어놓았다.

나는 당연히 아내가 반색하며 좋아할 줄 알았다. 그런데 예상과 달리 한 달만 살아도 충분하다는 대답이 돌아왔다. 그제야 깨

달았다. 아내와 내가 그리는 해외살이의 그림이 서로 다르다는 사실을 말이다. 나에게는 인생의 도전이자 기회였지만 아내에게는 잠깐의 체험에 불과했다.

해외살이를 결정하는 데 있어서 예산, 직장, 언어보다 더 시급한 문제는 아내를 설득하는 일이었다. 내게는 이 해외살이가 반드시 실현하고 싶은 인생의 목표였다. 나 때문에 아내에게 희생을 요구해서는 안 되지만 이번만큼은 달랐다. 그래서 아내에게 1년이 너무 길게 느껴진다면 언제든 돌아올 수 있다고, 정말 힘들다면 한 달만 살아보고 결정해도 되지 않겠느냐고 계속 이야기했다. 해외에서 한 달이든 1년이든, 지금이 아니면 다시 없을 기회이고 이 기회를 놓치면 분명 후회할 것이라며 아내를 끈질기게 설득해 나갔다. 어떻게 해서든 아내의 마음을 움직이고 싶었다.

지금 캐나다로 가지 않는다면 평생 후회할 것이 분명했다. 그리고 내 버킷리스트는 가족 모두가 같은 시간과 공간을 경험하고 공유해야만 의미가 있다. 엄마 또는 아빠 없이 살아야 하는 기러기 가족은 진정한 의미의 버킷리스트가 아니었다.

가족 모두가 함께 떠나다

지인 중에 캐나다 영주권을 획득한 부부가 있다. 그 남편이 대학교 동아리에서 만난 내 후배였다. 함께 취업 준비를 했고 사회 초년생이 된 후에도 꾸준히 만나 고민을 나누었다. 서로의 결혼식에도 참석할 정도로 가까웠는데 어느 순간 갑자기 연락이 끊겼다. 그리고 몇 년 뒤, 모르는 아이디로부터 카톡 메시지가 도착했다.

"형, 잘 지내지?"

그와 연락이 끊긴 이유는 이민 준비 때문이었다. 지인은 캐나다로 건너가 학위를 취득하고 일을 시작했는데 타이밍이 좋지 않았다. 취업하자마자 코로나가 터진 것이다. 전 세계적으로 일자리가 줄어드는 바람에 몇 번이나 직장을 옮기며 버텨야 했다. 수입은 그대로인데 지출만 늘어나니 생활은 빠듯해졌다. 그래도 포기하지 않고 고생한 끝에 영주권을 취득한 것이다. 그리고 일자리가 안정되면서 생활 또한 제 궤도에 올랐다. 그러고 나니 한국에 있는 지인들에게 연락을 돌릴 수 있었던 모양이다.

오랜만에 연락하다 보니 놀라운 사실을 알게 되었다. 그가 사는 곳이 우리가 머물 도시에서 한 시간 거리에 있다는 사실이었다. 의지할 곳 하나 없는 해외에서 필요할 때 즉시 달려올 누군가가 있다는 사실은 낯선 땅에서 새로운 삶을 준비하는 이에게 큰 힘이었다. 그의 존재만으로 든든했다.

　　캐나다에서는 지인의 가족과 함께 나이아가라 폭포를 여행하고 캠핑도 다니며 많은 시간을 함께 보냈다. 세계에서 가장 유명한 폭포 앞에서 사진을 찍고 캠핑장 앞에서 모닥불을 피우며 함께 시간을 보내다 보니 낯선 땅에서 느끼던 긴장이 조금씩 풀렸다. 무엇보다 초기 정착에 필요한 실질적인 조언과 경험담은 캐나다 사회를 이해하는데 큰 도움이 되었다.

　　지인의 가족과 함께 하는 시간이 길어질수록 이들이 캐나다에서 살면서 만족 그 이상의 무언가를 얻은 것 같다는 느낌이 들었다. 어느 날, 그에게 고생 끝에 얻은 영주권의 의미를 물은 적이 있다. 그러자 지인은 만족을 넘어 행복 그 자체라고 대답했다. 그가 말한 행복은 캐나다의 웅장한 자연이나 끝없는 자유로움이 아니었다. 퇴근 후 온 가족이 둘러앉아 저녁을 먹고 함께 공부하거나 대화를 나누기도 하고 드라마를 보며 하루를 마무리하는 소소한 일상이었다. 한국에서는 무언가에 쫓기듯 바쁘게 살다 보니 여유가 없었지만 캐나다에서는 전혀 그렇지 않다고도 했다. 그에게 가족과 함께 보내는 시간은 하루 24시간 중 일부가 아니라 삶의 근간을 지탱하는 행복의 원천이었다.

　　그가 느끼는 행복에 대해서는 고개가 끄덕여졌다. 하지만 그때의 나는 캐나다 정착이 시급했기에 곧바로 공감하지는 못했다. 새로운 환경, 낯선 문화, 언어 장벽을 하루빨리 극복해야 한다는 강박에 지배당했던 시기였다. 삶의 여유를 찾기보다는 생존에 집중했다. 그러다 보니 캐나다의 장점보다 상대적으로 안정적이었던 한국의 삶이 자꾸 눈에 아른거렸다. 익숙한 환경에서 누리던 자유와 행복이 사라지니 그가 말하는 캐나다에서의 행복에 공감하지 못했던 것이다. 내 표정을 읽기라도 한 듯 지인은 내게 캐나다를 떠난 진짜 이유를 털어놓았다.

"한국에서 행복하지 않더라고. 그러다 보니 자연스럽게 이민을 생각하게 되더라."

후배 부부는 한국에 있을 때 둘 다 대기업에 다녔었다. 합산 연봉이 1억 원을 넘었지만 그 많은 돈은 행복으로 이어지지 않았다. 가장 큰 문제는 불안정한 생활이었다. 신혼집은 파주에 있었지만 아내는 구미, 남편은 대전에서 직장 생활을 했다. 주중에는 서로 다른 도시에 흩어져 지내다가 주말에만 파주에서 만나는 주말부부였다. 아이가 태어났지만 주말부부인 상황은 그대로였다. 혼자 아이를 키우는 지인의 아내는 모든 에너지를 소진한 나머지 오랜만에 남편을 만나도 반길 여유가 없었다. 이런 일상이 반복되다 보니 어느덧 행복은 사라지고 없었다.

행복하고 싶어서 결혼하고 가정을 꾸렸지만 현실은 정반대였다. 가족과 함께하는 시간보다 길에서 허비하는 시간이 더 많았다.

그래서 과감하게 한국에서의 생활을 버리고 캐나다를 선택했던 것이다. 그가 한국을 떠나기로 한 것은 더 많은 돈이나 더 큰 성공 때문이 아니라 단지 행복한 삶을 간절하게 원했기 때문이었다.

그와 달리, 나는 한국에서의 삶에 큰 불만이 없었다. 주말부부도 아니었고 아이들과 보내는 시간도 충분했다. 이미 가족과 함께하는 안정된 일상을 살았다. 그래서 후배처럼 행복하지 않아 한국을 떠나는 사람들의 마음을 쉽게 공감하지 못했는지도 모른다.

그럼에도 그의 이야기는 내 삶을 돌아보게 했다. 나는 언제 가장 행복하고, 내 삶에서 소중한 사람들은 누구이며, 무엇이 나의 하루를 지탱하고 있는지 스스로에게 묻기 시작했다. 그 질문의 답은 분명했다.

나의 행복은 퇴근 후 집에 돌아왔을 때 나를 반겨주는 가족에게서 시작된다. 하루가 아무리 고단해도 나를 반겨주는 이가 있다는 사실에 다시 힘을 얻었다. 그래서 환경이 바뀌고 사는 곳이 달라져도 가족과 함께 하루를 마무리하는 일상만큼은 놓치고 싶지 않았다. 그래서 기러기 가족은 생각조차 하지 않았다.

캐나다 1년 살이는 우리 가족에게 큰 변화임은 분명하다. 하지만 내가 중요하게 여겨온 삶의 기준을 버리면서까지 실행해야 하는 것은 아니다. 우리 가족은 어디서든 함께여야 했다. 그래서 모두 함께 캐나다로 떠났다.

캐나다로 떠난 이유

학창 시절의 나는 영어에 자신 없는 학생이었다. 시험지 위의 문법이나 빈칸 채우기 문제는 어떻게든 풀었지만, 듣기 평가만 나오면 귀가 막힌 듯 아무것도 들리지 않았다. 교실에 울려 퍼지는 영어 단어들은 소음처럼 들렸다. 아무리 반복해서 들어도 영어 단어 하나 들리지 않으니 내 인생은 영어와 인연이 없을 줄 알았다.

그런데 대학에 들어가고 해외에도 나가보니 나는 그동안 영어에 대해서 단단히 오해하고 있었다. 억지로 단어와 문장을 외우는 대신 외국인들과 소통하자 조금씩 귀가 트이기 시작했다. 처음에는 몇 개의 단어를 더듬거리는 것이 전부였는데, 문장을 말할 수 있게 되더니 어느 순간에는 자연스럽게 영어를 이해하게 되었다. 그제야 영어가 성적을 위한 학문이 아니라 살아 있는 언어로 느껴졌다. 나는 이 경험을 아이들에게도 전해주고 싶었다. 책상 앞에서 단어를 외우고 문법을 공부하는 것도 좋지만 그보다는 사람들과 소통하며 직접 깨닫기를 바랐다.

외국인들과의 자연스러운 의사소통을 위해서는 시간과 노력이 필요하다. 아무런 준비 없이 현지에 도착하면 처음에는 외국인과 한 마디도 주고받을 수 없다. 대화를 위해서는 어떻게든 단어를 내뱉어야 하는데, 기초적인 단어조차 잘 모르는 아이들에게 외국인들과의 만남은 공포 그 자체다. 하루빨리 입과 귀가 트여 외국 아이들과 가깝게 지냈으면 하는 욕심에 아이들과 영어 공부를 시작했다. 하지만 나는 고리타분한 방식으로 영어를 배웠다. 아무리 공부해도 영어 단어가 들리지 않았으니 실패나 다름없었다.

잘못된 공부 방법임을 알았지만 대안이 없었다. 아무것도 하지 않는 것보다 뭐라도 해보는 게 낫다고 위안 삼으며 아이들을 책상 앞에 앉혔다. 하지만 결과는 뻔했다. 기대만큼 따라오지 못하는 아이들을 등 떠밀며 공부시켰다. 아이들은 기초가 부족했다. 하지만 나는 성인을 가르치듯 아이들을 가르쳤고 이를 쫓아오지 못하면 끝없이 다그쳤다. 아이들은 조급해 하는 나와의 공부를 슬슬 피하기 시작했다. 아이들과 쌓았던 신뢰는 무너졌고 나의 강압적인 태도를 견디지 못한 아이들은 울음을 터트렸다. 나는 그 모습을 보고 나서야 무언가 잘못되었다는 사실을 인지했다.

이러려고 1년 살이를 결심한 게 아니다. 내가 경험했던 살아 있는 언어를 맛보게 해주고 싶었을 뿐인데, 어쩌다 이 지경이 되었을까. 아이들의 실력을 객관적으로 평가하고 그에 맞게 가르쳐야 했는데 하루아침에 현지인처럼 듣고 말하기를 원했다. 나는 캐나다에 가는 이유를 다시금 상기했다.

캐나다를 떠올리면 늘 자연이 가장 먼저 생각났다. 국기 한가운데 새겨진 붉은 단풍잎, 끝없이 펼쳐진 초원, 형형색색의 숲과 눈으로 덮인 산. 캐나다에 대한 이미지는 자연에 동화되어 숨쉬는 삶을 그려보게 했다. 평화와 여유의 이미지는 삶의 휴식으로 다가왔다. 그런 곳에서 1년을 산다면 정신적으로, 그리고 육체적으로 건강해질 것 같았다.

자연과 가까운 환경은 단순히 풍경이 아름답다는 의미가 아니라 삶의 속도를 늦추고 안정감 있는 하루를 살아가게 만드는 조건이라고 느꼈다. 그런 공간에서라면 아이들은 성적이나 결과에 압박받지 않고 자연에서 뛰놀며 무언가를 깨닫는 시간을 보낼 수 있을 것 같았다.

우리가 캐나다로 향했던 이유는 해외에서 살아봤다는 사실을 과시하기 위해서도, 눈이나 머리 색깔이 다양한 사람들과 생활했다는 경험을 위한 것도 아니다. 무언가를 증명하거나 남들과 다른 선택을 했다는 이유로 특별해지고 싶지도 않았다. 영어 교육도 이유 중 하나이기는 했지만 캐나다에 마음이 끌렸던 이유는 바로 자연과 맞닿아 있는 삶 때문이었다. 속도를 강요하지 않는 일상, 결과보다 과정을 중시하는 분위기에서라면 영어는 자연스럽게 따라올 것만 같았다.

이곳에서 1년을 보내기 위해 우리는 많은 것을 포기했다. 1년 동안의 수입을 포기했고 익숙한 일상과 편리함을 포기했다. 의지할 사람도 없는 낯선 땅에서 생활해야 했다. 그 과정은 전적으로 우리가 감당해야 할 몫이었다. 물론 새로운 환경에 대한 설렘만큼이나 두려움도 컸다. 안전하고 편리한 한국의 일상을 선택했다면 겪지 않아도 될 불안과 불편한 감정도 겪어야 했다. 그럼에도 이런 선택을 받아들인 이유는 분명했다. 결과나 성과로 증명되는 삶이 아니라 낯선 환경 속에서 직접 부딪히며 배우는 삶을 살아보고 싶었기 때문이다.

해외에서 1년 살았다고 아이들의 영어 실력이 원어민 수준으로 다이내믹하게 변하지 않는다. 캐나다에서 1년 동안 썼던 비용을 고려하면 한국이 효율적일 수 있다. 하지만 해외살이는 단순히 영어 때문에 선택한 것은 아니기에 가성비와 효율만으로 이야기할 수는 없다. 우리가 겪은 일상적인 고난과 역경, 기쁨과 아쉬움들이야말로 이 시간을 선택한 이유에 가까웠다. 캐나다에서 보낸 1년은 새로운 환경 속에서 살아보며 삶의 속도와 기준을 다시 배우는 시간이었다.

지워버리고 싶은 하루, 잊을 수 없는 시작

살면서 누구나 지우고 싶은 하루가 있다. 부끄럽고 창피해서 다시는 떠올리고 싶지 않은 그런 날 말이다. 내게는 캐나다로 출국하는 날이 그랬다. 집에서 출발할 때만 해도 분명 즐거웠다. 하지만 이내 기억에서 지워버리고 싶은 날이 되어버렸다. 지금이야 웃으며 이야기할 수 있지만 내 실수 때문에 가족이 힘들었던 것을 생각하면 쥐구멍에 숨어버리고 싶다.

캐나다로 향하는 첫날부터 우리는 이산가족이 되었다. 공항버스에 탑승할 때는 다섯 명이었지만 정작 캐나다 숙소에 도착한 것은 네 명뿐이었다. 온 가족이 떨어지지 말자던 결심은 열세 시간이라는 시차 때문인지 나보다 늦게 도착하지 않았나 싶다.

문제는 비자였다. 우리 가족은 1년을 체류할 예정이었으므로 우리 부부는 eTA와 방문객 비자Visitor Record를, 그리고 아이들은 학생 비자를 신청해 받았다. 자녀가 학생 비자로 입국할 경우, 보호자는 방문객 비자를 받으면 만료 기간까지는 별도의 연장 신청을 하지 않아도 된다. 이 과정에서 나는 돈을 조금이라도 아껴보려는 마음에 직접 아내의 eTA를 신청했는데, 그 과정에서 아내의 여권 번호를 잘못 입력한 것이 화근이었다.

놀라운 점은 여권번호가 잘못 입력되었음에도 eTA는 승인이 완료되었다는 사실이다. 아이들의 학교 입학 때문에 eTA 서류를 제출했을 때도 학교에서는 별말이 없었다. 행정 처리할 때 eTA가 문제된 적이 없었기에 여권번호를 잘못 입력했을 줄은 상상도 하지 못했다. 그러다 출국 세 시간 전에야 항공사가 오류를 발견한 것이다. 순간 머리가 하얘지고 억울하기까지 했다. 캐나다 정부가 승인까지 해줬는데, 지금까지 어떤 행정 처리에도 문제없었는데, 왜 출국 직전에 발목을 잡혀야 하는 걸까. 나는 억울함을 호소했지만 항공사 직원의 태도는 단호했다. 떠나기 위한 마지막 관문인 공항에서 이러한 일을 마주하게 되니 그동안의 모든 준비가 한순간에 수포로 돌아간 듯한 기분이었다.

하지만 어떻게든 수습은 해야 했다. 서둘러 온라인으로 eTA를 다시 신청했지만 결과가 언제 나올지 알 수 없었다. 10분 만에 받았다는 사람도 있었지만 그 말만 믿고 기다릴 수는 없었다. 항공권 변경도 알아보았다. 하지만 여기에는 시간과 돈이 필요했다. 다섯 명이 한꺼번에 움직이려다 보니 변경이 가능한 가장 가까운 날짜는 비즈니스석뿐이었고 이코노미석은 한 달 이상 기다려야 했다. 머릿속에 최악의 상황이 떠올랐다. 비행기 이륙 전까지 eTA 승인을 받지 못하면 다 같이 집으로 돌아가야 한다. 이렇게 되면 비행기표를 비롯한 캐나다 초기 정착을 위해 쓴 비용 등을 모두 날리게 된다. 심지어 항공권은 환불도 불가했다. 오늘 비행기를 포기하면 비즈니스석밖에 없다. 그렇다고 포기할 수는 없는 노릇이었다. 내게 남은 최선의 선택은 일단 다른 가족들은 먼저 떠나고 아내는 비자를 다시 신청해 뒤따라오는 것뿐이었다. 승무원에게 다시 물어보니 네 사람은 탑승이 가능하다고 했다. 결국 출국 직전까지 eTA가 승인 나지 않은 아내를 인천공항에 남겨두고 우리는 캐나다로 떠났다. 그렇게 우리는 첫날부터 이산가족이 되었다.

아내와 떨어지기 전까지는 그 존재의 소중함을 잘 몰랐다. 매일 함께 있으니 고마운 감정이 무뎌지지 않았나 싶다. 그런데 이날, 태평양을 사이에 두고 이산가족이 되면서 아내의 소중함, 가족 모두가 함께 있을 때의 소중함이 무엇인지 알았다. 나의 실수 때문에 한국에 혼자 남아야 하는 아내에게 미안했고, 잠시나마 엄마와 떨어져 지내야 하는 아이들에게도 미안했다. 마치 가족을 지키지 못한 듯한 마음까지 들었다. 다시는 이런 일이 생기지 않게 하겠다고 다짐했다.

하지만 불행은 거기서 끝이 아니었다. 토론토 공항에 도착해 화물 짐을 찾는데 일곱 개 중 두 개가 보이지 않았다. 컨베이어 벨트가 멈출 때까지 파란색 단프라 박스 두 개는 끝끝내 모습을 보이지 않았다. 분실물 센터의 대기 줄을 보니 짐을 잃어버린 사람은 우리뿐만이 아니었다. 갑자기 불안함이 요동쳤다. 한국 공항에서는 아내를 잃어버리고 캐나다 공항에서는 짐을 잃어버릴 줄이야. 마음이 쉽게 진정되지 않았다. 하지만 그 어떤 감정도 겉으로 표현할 수 없었다. 내 옆에서 아빠만을 바라보며 의지하는 아이들이 있었기 때문이다. 아이들에게 동요하는 모습을 보일 수는 없었다. 어떻게든 그 상황을 잘 수습해야 했다.

내 차례가 되기를 기다리는데, 우리 앞에서 대기하던 캐나다인 노부부가 말을 건넸다. 그분들도 짐은 분실했지만 평온해 보였다. 그들은 종종 이런 일이 발생한다면서 짐을 잃어버리는 것을 대수롭지 않게 생각하셨다. 그리고 지금까지 단 한 번도 수화물을 잃어버린 적은 없으니 걱정하지 말라며 위로해 주셨다. 집 주소만 정확하게 적으면 항공사에서 짐을 찾아서 보내준다고 말이다. 그분들과의 대화는 내가 처음으로 만난 캐나다인들의 사랑이자 위로였다. 그분들의 위로 덕분이었을까? 다행히 두 개의 짐은 대형 화물로 분류되어 별도의 구역으로 가 있었다. 예상보다 공항에 오래 머물렀지만 어쨌든 무사히 짐을 찾았다. 그제야 비로소 픽업 차량에 탑승할 수 있었다.

살면서 이런 실수를 해본 적이 없었기에 이날 하루 동안 겪었던 모든 일이 너무나 황당했다. 황당한 일이 겹치다 보면 짜증보다는 어느 순간 해탈하게 되면서 아무 생각이 없어진다. 해결책을 찾으려 애쓰기보다는 현실을 그대로 받아들이고 순리에 따라가게 되는 것이다. 지금 생각해 보면 이날 경험이 캐나다 생활에 조금은 도움이 된 것 같기도 하다. 내가 모든 상황을 통제하려고 하지 말고 이치에 따라 움직이면 된다는 사실을 배우게 되었으니 말이다.

　출국 당일 아침에 눈을 떴을 때 앞으로의 1년이 내 삶에서 잊을 수 없는 시간이 될 것이라고 확신했다. 인천공항으로 향하는 버스 안에서도 설렘과 기대감으로 가득 찬 행복한 나날을 보낼 거라고 생각했다. 하지만 아이러니하게도 첫날부터 내 인생에서 지워버리고 싶은 순간을 맞이했다. 아내와 떨어진 순간부터 세 아이들을 데리고 인천에서 밴쿠버로, 다시 밴쿠버에서 토론토로 향하던 시간들, 그리고 잃어버린 줄로만 알았던 짐을 되찾은 순간까지, 한시도 긴장의 끈을 놓을 수 없었다. 나중에 알고 보니 밴쿠버에서 환승하면서 노트북도 잃어버렸다. 사소한 실수로 시작된 해외에서의 첫날은 실수의 연발이었다. 사람도 잃어버리고 노트북도 잃어버렸다. 그나마 세 아이들과 무사히 캐나다에 도착했다는 사실에 위안을 삼았다. 즐겁고 찬란하리라 믿었던 타국 생활은 시작부터 엉망이었다. 첫 단추를 잘못 꿴 것 같은 기분을 떨쳐버리기 힘들었다.

낯선 땅
에서의
시작

캐나다에서의 첫날

집에서 출발해 인천공항에서 밴쿠버를 거쳐 토론토 공항에 도착한 뒤 다시 숙소까지 이동하기까지 꼬박 서른 시간이 걸렸다. 길고 긴 여정을 끝내고 숙소에 짐을 풀었을 때 가장 먼저 떠오른 감정은 아이들과 무사히 도착했다는 안도감이 아니었다. 한국에 홀로 남겨진 아내에 대한 미안함이었다. 이번 1년 살이를 위해 eTA 신청부터 항공권, 숙소 예약을 내가 준비했기에 한국에 혼자 남겨진 아내가 더욱 마음에 걸렸다. 아내 혼자 eTA 문제를 해결하고 새로운 항공권을 발권해 무사히 캐나다에 올 수 있을까. 비행기 이륙 후 아내에게 일어났던 일들이 가장 궁금했다.

숙소에 도착하자마자 아내와 영상 통화를 했다. 화면 속에 비친 아내 모습을 보니 비로소 태평양을 사이에 두고 떨어져 있다는 사실이 실감 났다. 하지만 내 예상과 달리 아내는 담담하고 차분했다. 오히려 다 같이 집에서 나섰을 때보다 더 즐거워 보이기까지 했다. 거기에는 이유가 있었다. 헤어진 이후에 모든 문제를 깔끔하게 해결하고 나니 아이들 없이 보내는 시간은 아내에게 휴가나 다름없었기 때문이다.

우리와 헤어지고 집으로 돌아가는 공항버스 안에서 아내는 eTA 승인 메일을 받았다. 30분만 서둘렀다면 같은 비행기에 탑승

했을 텐데 하는 아쉬움이 남았다. 집으로 돌아간 아내는 나흘 뒤에 출발하는 토론토 직항 항공권을 예매했다. 이코노미석이 없으면 비즈니스석이라도 끊으려 했다며 아내는 웃었다. 모든 상황을 깔끔하게 정리해 준 아내가 그저 고마웠다. 나흘 뒤 도착이라는 말에 그제야 겨우 한시름 놓을 수 있었다.

내가 홀로 남겨진 아내를 걱정했듯 아내 역시 세 아이와 출국한 나를 염려했다. 낯선 곳에서 아이들과 짐을 챙기며 초기 정착을 위해 한창 움직일 시기에 가까이에서 돕지 못하는 것이 마음에 걸린다고 말이다. 이날의 통화는 서로에 대한 억울함이나 원망보다는 미안한 마음으로 가득 채운 대화가 되었다.

통화를 끝내고 시계를 확인하니 현지 시각으로 새벽 네 시였다. 서른 시간의 긴 여정 끝에 도착한 탓인지 몸은 당장이라도 침대에 눕고 싶다고 아우성인데 정신은 오히려 또렷했다. 아마도 정신은 한국 시간을 따르고 있는 모양이었다. 그제야 시차를 실감했다. 계산해 보니 한국은 저녁을 먹을 시간이었다. 시간을 인식하기 무섭게 배꼽시계가 울렸다. 아이들도 배가 고프다고 아우성이었다. 캐나다에서의 첫날은 피곤보다는 허기를 달래는 일부터 시작했다.

우리는 이 임시 숙소에서 3주 동안 머물렀다. 숙소 주인은 한국인이었다. 여름 휴가를 맞아 가족을 만나러 한국을 방문하는 동안 단기 렌트를 놓는다고 했다. 숙소에는 캐나다가 처음인 우리를 위한 집주인의 한국식 환대가 곳곳에 놓여 있었다. 냉장고에는 계란, 소시지, 우유, 시리얼이 가득했고 식탁에도 식빵, 라면, 햇반이 놓여있었다. 캐나다 입국을 축하하는 작은 선물을 마음껏 이용하라는 쪽지도 그제야 눈에 들어온다. eTA 때문에 하루 종일 마음이 심란했었는데, 이 작은 배려는 지친 나에게 위로와 울림이 되었다. 낯선 땅에서 만난 한국인의 친절은 캐나다 생활에 대한 두려움을 조금은 덜어 주었다.

허기를 달래고 침대에 누웠지만 잠이 오지 않는다. 그렇다고 마냥 깨어 있을 수는 없기에 억지로 눈을 붙였다. 몇 시간이 지나면 해외 정착에 필요한 행정 처리를 위해 외출해야 했기 때문이다. 캐나다에는 행정 업무를 도와주는 유료 정착 서비스가 있었다. 초기 정착에 필요한 일을 같이 처리해 주고 수수료를 받는데, 낯설고도 복잡한 일들을 빠르게 해결할 수 있을 것 같아 신청했다. 무엇보다 아직 차량이 없어 이동이 어려운 우리 가족에게 큰 도움이 될 거라 생각했다.

사실 정착 서비스를 신청하기 전까지 고민이 많았다. 인터넷으로 찾아보고 직접 해결한 사람들도 있었기 때문이다. 하지만 예상치 못하게 아내 없이 아이 셋을 데리고 다녀야 하는 상황이 되고 보니 이는 탁월한 선택이었다. 면허증 신청부터 통장 개설, 보험 가입, 휴대폰 개통과 인터넷 가입, 자동차 구매, 장 보기까지 이 모든 과정을 홀로 감당했을 뻔한 상황을 생각하니 머리가 아찔했다.

시차 적응이 되지 않은 몸으로 새벽녘에 겨우 잠들었다가 금세 다시 일어났다. 출발 시간에 맞춰 아이들도 깨웠다. 모두 비몽사몽한 상태로 정착 서비스 담당자와 함께 본격적인 캐나다 생활 준비를 시작했다.

가장 먼저 각종 행정 업무에 필요한 신분증 역할을 하는 운전면허증부터 신청했다. 한국에서 미리 발급해 온 영문 운전면허증과 영문 운전 경력증명서를 제출하고 몇 가지를 검사하고 나니 신청이 완료되었다. 실제 면허증을 수령하기까지는 2주 정도 소요되는데 그동안 사용할 수 있는 임시면허증은 바로 발급받았다. 정신 없는 하루의 시작치고는 수월한 시작이었다.

그리고 계좌 개설을 위해 은행으로 향했다. 한국에서 환전해 온 달러를 현금으로 들고 다니는 게 불안했는데, 계좌를 만들고 체크카드까지 발급받으니 마음이 한결 놓였다. 이제야 비로소 캐나다 생활의 첫 단추가 제대로 꿰인 기분이었다.

은행 일을 마치고 간단히 점심을 먹은 뒤 월마트로 향했다. 임시 숙소 주인이 냉장고를 제법 채워 주기는 했지만 식빵, 라면, 햇반으로만 버티기에는 한계가 있었다. 한식을 좋아하는 나와 아이들에게는 지금 당장 요리해서 먹을 수 있는 재료가 필요했다. 그래서 월마트에 들어서자마자 신선 식품 코너로 향했다. 그리고 확인한 가격표는 신세계였다.

캐나다 물가는 비싸다는 고정관념이 순식간에 깨져 버렸다. 소고기, 돼지고기, 닭고기 할 것 없이 한국보다 저렴했고 채소와 과일도 크게 다르지 않았다. 이 가격이라면 식비만큼은 한국보다 절약할 수 있을 것 같았다. 그런 생각으로 하나씩 담으니 어느덧 장바구니가 묵직하게 채워졌다.

입국 첫날부터 부지런하게 돌아다니다 보니 밤을 샌 것처럼 비몽사몽했다. 그래서 숙소에 돌아오면 바로 잠들 것 같았는데, 예상과는 달리 숙소에 돌아오면서부터는 오히려 정신이 맑아졌다. 아직 시차에 제대로 적응하지 못한 탓이었다. 하루 빨리 시차 적응을 끝내고 신체 리듬을 되찾아야만 했다. 열네 시간의 시차에 적응하기 위해서는 캐나다 시간에 맞춰 낮에 최대한 몸을 움직여 피곤하게 만들어서 저녁 시간에 잠들어야 했다. 그래서 저녁을 먹고 아이들과 함께 산책을 나섰다. 숙소 근처의 놀이터에서 뛰어놀며 땀을 흘리자는 생각이었다. 아이들도 캐나다의 놀이터가 궁금했는지 흔쾌히 따라나섰다.

놀이터에서 아이들은 또래의 외국인 친구들을 처음 만났다. 하루 종일 같이 다니면서 수많은 외국인을 만났지만 아이들만의 공간에서 또래를 만난 것은 처음이었다. 말이 통하지 않으니 대화를 나누지는 못했지만 우리에게는 그들의 존재 자체가 큰 도움이

되었다. 놀이터에는 한국에서 보지 못한 놀이 기구가 다양했다. 사용법을 몰라 머뭇거리던 우리 아이들은 다른 아이들을 따라 하기 시작하더니 이내 자신 있게 놀이 기구를 이용하게 되었다. 그렇게 아이들은 첫날부터 자신들만의 놀이를 익히기 시작했다.

숙소에 돌아와 씻은 뒤 다사다난했던 하루를 정리하려 노트북 가방을 열었다. 그런데 가방 안에는 마우스와 충전기만 덩그러니 남아 있을 뿐, 가장 중요한 노트북이 없는 게 아닌가! 그 순간, 밴쿠버 공항에서 입국 심사를 할 때의 일이 머릿속을 스치고 지나갔다. 엑스레이 촬영이 끝난 짐들을 정리하는데 심사관이 나를 불렀다. 가방에 가위가 들어 있었던 모양이다. 나는 가위를 꺼내 보여 주고 다시 짐들을 정리했는데 그때 노트북 가방 밑에 있던 노트북을 챙기지 않았나 보다. 급히 밴쿠버 공항의 분실물 센터에 이메일을 보냈지만, 한국으로 돌아온 지금까지도 답변을 받지 못했다.

캐나다에서의 첫날은 아마도 영원히 잊지 못할 것 같다. 공항에서 아내를 잃어버렸고 노트북도 잃어버렸으며 그와 함께 자신감마저 잃었다. 이 때문인지 캐나다에서는 늘 긴장 속에서 살았던 것 같다. 어떤 결정을 내리거나 작은 서류 하나를 작성할 때도 몇 번이고 다시 확인하지 않으면 마음이 놓이지 않았다. 같은 실수를 반복할지 모른다는 불안은 나를 스스로 옭아매며 긴장하게 만들었다. 이때의 불안과 자신감의 하락은 앞으로의 캐나다 생활 전반에 큰 영향을 미쳤고, 찬란하리라 기대했던 캐나다에서의 1년이 마냥 즐겁고 행복했다고만 말할 수 없게 만들었다.

보금자리를 마련하다

우리는 온타리오주 궬프Guelph에 집을 얻었다. 대도시가 아닌 작은 소도시인 궬프를 선택한 가장 큰 이유는 학교 때문이다. 이곳에는 자녀 수에 상관없이 가족 단위로 수업료를 책정하는 학교가 있었다. 세 아이가 동시에 입학해야 하는 우리에게는 최고의 조건이었다.

어디에 살지는 학교를 기준으로 선택했기에 고민이 없었지만, 집을 구하는 일은 예상보다 훨씬 어려웠다. 소도시는 대도시에 비해 집값이 저렴할 줄 알았는데 큰 차이가 없었다. 오히려 토론토에 거주 중인 지인과 비교하면 더 비싸게 느껴졌다. 우리가 입국했던 시기는 때마침 코로나 규제가 완화되면서 단기 체류자와 이민자들이 몰려들던 때였다. 이러한 상황도 한몫하지 않았나 생각한다.

집을 구할 때의 어려움은 비단 가격뿐만이 아니었다. 한국에서는 부동산 매물을 검색해 조건이 맞으면 바로 계약할 수 있었지만 캐나다는 달랐다. 특히 집주인과 세입자의 관계에서 차이가 두드러졌다. 캐나다에서는 계약 전까지 집주인이 '갑'이다. 하지만 계약이 체결되면 세입자가 집주인보다 강력한 권리를 가진다. 월세를 납부하지 못하거나 계약 조건에 위배되는 행동을 해도 집주인은 세입자를 강제로 내보낼 수 없다. 그래서 집주인들은 계약 전 세입자의 재정 상태를 꼼꼼히 확인한다.

처음 오퍼를 넣은 집에서는 소득 증빙 서류와 보증인을 요구했다. 단순히 계약 의사를 밝히는 오퍼 단계에서조차 개인 채무 상태를 증명해야 하다니, 한국에서는 상상하기 어려운 일이었다. 서류가 통과되면 면접까지 예정되어 있었는데 우리 가족은 서류 심사에서 탈락한 탓에 면접 기회조차 얻지 못했다. 나중에 알게 된 사실이지만, 우리 대신 계약한 가족은 비슷한 시기에 입국한 또 다른 한국인 가정이었다. 우리 아이들과 같은 학교에 자녀들을 보낼 계획이었고, 1년 살이를 목적으로 왔다. 그분은 현지에 사는 지인을 보증인으로 세운 덕분에 계약할 수 있었다고 한다.

이후에도 몇 번 더 오퍼를 넣었지만 번번이 거절당했다. 시간이 지날수록 좋은 조건의 집은 사라져 갔다. 이러다가 비싸기만 하고 상태가 안 좋은 집을 계약할지 모른다는 불안이 커졌다. 그러던 어느 날, 등록된 지 몇 시간 되지 않은 새로운 매물을 발견했다. 도시 외곽에 있어 다른 집보다 저렴했다. 하지만 우리 가족은 차를 살 계획이었으므로 거리는 문제가 되지 않았다. 곧바로 재정 증빙 서류와 함께 오퍼를 넣었다. 거기에 1년 치 월세를 선납하겠다는 조건까지 걸었다. 그렇게 집을 구할 수 있었다.

캐나다에는 가족 수에 따라 집 구조를 선택하는 기준도 있었다. 4인 가족이라면 적어도 침실 두 개, 5인 가족이라면 침실 세 개인 집을 구해야 한다고 했다. 우리 가족은 다 같이 안방에서 잠을 잤기 때문에 침실 두 개인 집에 오퍼를 넣었다. 이 또한 번번이 계약에 실패했던 이유가 아닌가 싶다. 결국 침실 세 개인 집을 구할 수밖에 없었다.

다만 이 기준은 법으로 정해진 것이 아닌 권장 사항이라고 한다. 이곳에서는 보통 부부가 침실 하나를 사용하고 성별이 다른 아이들은 나이가 어리더라도 방을 나누며 성별이 같더라도 일정 나이가 넘으면 분리했다. 어쨌든 이런 기준에 따르면 우리 가족은 침실 세 개인 집을 구하는 것이 맞았다.

다만 처음에는 쉽게 이해되지 않았다. 그래서 나중에 캐나다에서 생활하며 알게 된 현지인들에게 이에 대해 물어보기도 했다. 그들은 집주인에 따라 그럴 수도 있고 아닐 수도 있다고 했다. 캐나다에는 다양한 인종과 문화적 배경을 가진 사람들이 살고 있다 보니 주거에 대한 기준 역시 제각각이다. 온 가족이 함께 자는 문화를 이해하는 집주인이 있는가 하면 이러한 권장 사항을 당연한 기준으로 받아들이는 집주인도 분명히 존재했던 것이다.

항공권을 먼저 발권한 뒤 집 계약을 진행하다 보니 입주 일정을 입국일과 정확히 맞출 수는 없었다. 그래서 캐나다 입국 후 3주 동안 머물 임시 숙소가 필요했다. 다행히 임시 숙소는 1년 거주할 집을 구할 때보다 훨씬 수월했다. 집주인은 한국인이라 그런지 침실이 두 개였지만 별말 없이 집을 빌려주었다. 이렇게 1년 동안 거주할 집과 3주 동안 머물 임시 숙소 모두 무사히 계약을 마쳤다.

집을 구하며 알게 된 또 다른 문화도 있다. 임시 숙소나 장기 계약한 집주인 모두 외국으로 떠나는 동안 집을 임대한다는 사실이다. 임시 숙소는 가족을 만나러 한국을 간다고 했고 그 후에 살 집의 집주인은 가족 모두 프랑스로 1년 살이를 떠나는 동안 집을 임대 놓았다.

비단 이들만 그런 것이 아니었다. 캐나다로 단기, 또는 장기 체류를 하러 온 한국인 중에도 한국 집을 임대 놓은 사람도 있었다. 그제야 에어비앤비가 활발히 운영되는 이유가 이해되었다. 이제 사람들은 집을 소유의 개념이 아닌 활용의 개념으로 보고 있었다. 집이 비면 내버려 두는 것이 아니라 다른 이가 그 공간을 활용하면 그만이었다.

집을 구하기는 했지만 그래도 아쉬움은 남았다. 한국에서는 아이들이 마음껏 뛰어놀 수 있는 전원주택에서 살았는데 캐나다에서는 아파트에서 생활해야 했기 때문이다. 물론 아파트가 처음은 아니지만, 한국과는 달리 층간 소음을 걱정하며 살아야 한다. 한창 뛰어놀 나이의 아이들에게서 집 안에서 자유롭게 놀 수 있는 권리를 빼앗은 것 같아 미안했다. 하지만 나에게는 이게 최선의 선택이었다. 부디 이 집과 1년 동안 무탈하게 살 수 있기를 바랄 뿐이었다.

정착의 감각

임시 숙소에 머무는 동안 본격적인 이사 준비를 했다. 1년이지만 어쨌든 우리가 생활할 공간이니 가구와 가전은 필요했다. 하지만 한국으로 다시 돌아갈 테니 새 물건을 사기에는 아까운 마음이 들었다. 어차피 나중에 다 처분해야 하니 조금이라도 비용을 절약하기 위해 중고 거래를 했다.

캐나다에도 한국의 당근 같은 중고 사이트가 있다. 현지인들은 키지지Kijiji라는 앱을 많이 쓰고, 한인들은 네이버 카페 커뮤니티를 주로 이용한다. 그래서 나도 두 곳 모두 가입해 물건을 찾아봤지만 쉽지 않았다. 매물이 올라오면 5분도 안 돼 거래가 성사되는 일이 허다했다. 다들 수시로 새로고침을 하다가 물건이 올라오면 바로 낚아채는 듯했다. 거래를 잇달아 실패하고 나니 속도전에는 승산이 없다는 것을 깨닫고 방식을 바꾸었다.

우선 필요한 물품과 인수 날짜를 적어 구매 글을 올렸다. 그러자 한국으로 귀국을 앞둔 한 어머님으로부터 금세 연락이 왔다. 약속을 잡고 방문해 보니 식탁, 침대, 소파, 의자, 서랍 같은 가구부터 청소기, 밥솥, 믹서기 같은 생활용품까지 필요한 것들이 모두 있었다. 게다가 일부는 무료로 나눔해주신 덕에 큰 비용을 들이지 않고 새살림을 한꺼번에 장만할 수 있었다.

문제는 이사였다. 중고로 구입한 물건들을 옮기려면 최소한 용달 차량은 필요했다. 이사를 위해 한국인이 운영하는 이사업체에 견적을 문의했더니 1,150달러라는 답이 돌아왔다. 견적서를 받아 들고 한참을 고민했다. 1,150달러는 내가 거래한 중고 물품의 총합보다 세 배는 비싼 금액이었다. 이 정도면 차라리 이케아에서 새 가구를 구입해 집으로 배송받고 직접 조립하는 편이 더 나을 것 같았다. 이미 중고 거래를 약속한 상황이라 그 약속을 취소해야 하나 싶을 정도로 고민이 되었다.

캐나다에는 유홀U-Haul이라는 트럭 렌트 서비스가 있다. 보통은 이곳에서 트럭을 빌려 셀프로 이사하는 경우가 많은데, 픽업트럭 대여 비용이 하루 20달러이고 1킬로미터당 0.9달러가 추가된다. 100킬로미터를 기준으로 계산하면 금액은 용달 업체의 10분의

1 수준인 110달러다. 그래서 대부분의 현지인은 픽업트럭을 대여하여 직접 이사한다고 한다.

하지만 나는 전문 업체에 맡기고 싶었다. 이사는 체력이 크게 소모되고 무엇보다 혼자서는 불가능하기 때문이다. 물론 아내가 함께 하겠지만 이사를 하다가 다치기라도 하면 그게 더 큰일이었다. 이러한 고민을 한인 커뮤니티에 올렸더니 누가 저렴한 현지 포장 이사 업체를 소개해 주었다. 차량과 인건비 모두 포함해 시간당 150달러였다. 해당 업체에 이사 리스트를 보내고 견적을 요청하니 3시간 정도면 충분하다고 했다. 3시간이면 450달러였다. 이는 처음 알아보았던 한인 업체의 3분의 1 수준이었기에 바로 구두 계약을 하고 집 주소를 보냈다.

이사 당일, 현장에 도착한 트럭을 보고 깜짝 놀랐다. 가격이 저렴하여 용달차 정도를 예상했는데 대형 트럭이 집 앞에 서 있는 게 아닌가. 트럭 안에는 리어카, 매트, 이불 등 이사에 필요한 장비들이 모두 들어 있었다. 차량을 확인한 순간 오늘 이사는 문제없이 잘될 거라는 확신이 들었다.

이 업체는 사장님과 아들이 2인 1조로 움직이는 듯했다. 두 사람은 이사하는 내내 쉬지 않고 부지런히 움직였다. 외국인들은 다소 일처리가 답답하다는 이야기를 듣고는 했는데 이들은 정반대였다. 조심히 다뤄달라는 요청에도 정성껏 응해주었고 숙련된 솜씨

로 포장했으며 상하차 속도도 빨랐다. 결국 예상 시간보다 30분이나 일찍 끝냈고 비용도 실제로 일한 시간만 청구했다. 덕분에 우리는 별 다른 어려움 없이 새 보금자리에 입성할 수 있었다.

이사를 마치고 나니 집주인이 방문했다. 한국에서는 집주인을 직접 만나는 일이 거의 없는데 캐나다는 조금 달랐다. 화장실 변기 고장으로 수리를 요청했더니 집주인이 가족들과 함께 방문한 것이다. 남편이 변기를 고치는 동안 그의 아내는 우리와 이야기를 나누었다. 글로 접하는 정보가 아니라 현지인이 직접 들려주는 캐나다의 문화, 생활, 교육 이야기는 신선했다. 앞으로 살아갈 곳에 대해 이해하는 데 큰 도움이 되었다.

이사 전날에는 작은 해프닝도 있었다. 업체가 이사 당일에 일정을 펑크 낸 것이다. 어쩔 수 없이 이사를 다음 날로 미뤄야 했는데, 문제는 엘리베이터 사용이었다. 엘리베이터는 최소 5일 전에는 미리 예약을 해야 사용할 수 있었다. 이사 일정이 변경되었기에 사전에 신청했던 엘리베이터 사용 일정을 바꾸려 했지만 건물 관리인은 불가능하다고 통보했다. 그렇다고 엘리베이터 사용 때문에 이사 일정을 미룰 수도 없는 노릇이었다.

하지만 방법이 전혀 없었던 것도 아니었다. 건물 관리인은 이사 때문에 엘리베이터가 고장이 날 수도 있다는 이유로 처음에는 불가하다고 했지만 이내 조건을 제시했다. 혹시라도 건물에 손상을 입히거나 엘리베이터가 고장났을 때 집주인이 책임을 지겠다고 하면 사용을 허락하겠다는 것이었다.

이 문제를 해결하기 위해 나는 건물 관리인과 집주인에게 수십 통의 이메일을 보내야만 했다. 한국 같았으면 전화 몇 통이면 끝날 일이었지만 캐나다는 전화보다는 이메일이 우선이었다. 그렇게 메일을 주고받으며 책임 소재를 명확히 한 뒤에야 엘리베이터를 사용할 수 있었다. 다소 번거로웠지만 엘리베이터 사건을 통해 이메일 문화를 배우게 된 좋은 해프닝이었다.

모든 가구가 들어온 뒤 소파에 앉으니 그제야 비로소 우리 집이라는 느낌이 든다. 아무것도 깔려있지 않은 바닥에 누워 있어도, 정리되지 않은 식탁에 앉아 있어도 마음이 편했다. 이게 바로 정착 Settle down 의 감각일까. 이 말이 이렇게 실감 나게 다가온 것은 처음이었다.

시기의 추억

시간은 기억하고 싶지 않은 순간도 언젠가는 아름다운 추억으로 만들어준다. 그래서 좋든 싫든 많은 경험을 하라고들 한다. 그렇다고 해서 모든 경험이 미화되리라는 법은 없다. 나에게 중고차 거래가 여전히 아픈 기억으로 남아 있는 것처럼 말이다.

차를 살 때 내가 세운 조건은 세 가지였다. 1년 뒤 되팔기 쉬운 브랜드일 것, 다섯 식구가 함께 타야 하니 미니밴이어야 할 것, 가격은 3천만 원 미만이어야 할 것. 이 조건에 맞는 차량은 단 두 대뿐이었다. 두 차량의 컨디션은 비슷했지만 차량 등록 절차 때문에 가격 차이가 났다. 캐나다에서는 차량 이전 등록을 위해서는 반드시 차량 검사를 받아야 했다. 그래서 당연하지만 이미 검사가 완료된 차량은 비쌌고 검사를 받지 않은 차량은 저렴했다. 정비되지 않은 차를 저렴하게 구매해 직접 수리해서 검사를 완료하는 차량을 AS-IS 차량이라고 한다. 나는 이 AS-IS 차량을 구입했다.

모든 사람이 AS-IS 차량을 선호하는 것은 아니다. 수리 비용이 절약한 금액보다 더 커질 수 있기 때문이다. 나 역시도 차량 수리 비용에 대한 확신이 없어 계약하기 전 한인 정비소에서 견적을 받았다. 차량을 점검하던 사장님은 상태가 좋아 기본 정비만으로도 충분하니 큰 비용이 들지 않을 거라고 했다. 구체적인 숫자까지 언급했기에 사장님 말만 믿고 중고차 계약을 했지만 그 신뢰는 오래가지 못했다.

그때의 선택은 1년 내내 후회의 순간으로 남았다. 차량 자체는 큰 문제가 없었다. 눈이 오나 비가 오나 우리 가족의 든든한 발이 되어 주었고 덕분에 캐나다 동부와 미국 뉴욕까지 이동하는 장거리 여행도 무사히 다녀올 수 있었다. 내가 후회하는 것은 수리 과정에서 지불해야 했던 과도한 수리 비용 때문이었다.

차량 입고 후 발견된 문제를 해결하는 데 든 비용은 사기라고 느껴질 만큼 과했다. 더 화가 났던 것은 내가 미리 확인해달라고 했던 부분을 수리해야 한다는 점이었다. 구매 전 차량을 점검할 때 에어컨을 꼭 확인해 달라고 신신당부했었다. 그때 정비소 사장님은 냉매만 보충하면 된다고 장담했다. 그러나 막상 뚜껑을 열어 보니 에어컨 모터에 문제가 있었다. 모터 교체 비용이 추가되니 저렴하다고 믿었던 차량은 순식간에 비싼 차량으로 바뀌어 버렸다.

물론 사장님이 일부러 거짓말을 했을 리는 없다. 내가 차에 대한 충분한 지식이 없었고 단지 운이 나빴을 뿐이다. 하지만 그 순간만큼은 아무래도 사기를 당한 듯한 기분을 지울 수 없었다.

하지만 이는 아무것도 아니었다. 한국으로 돌아가기 위해 차를 처분하는 과정에서 나는 스캐머Scammer라고 부르는 진짜 사기꾼을 만나보기도 했다. 귀국 전 차를 팔기 위해 중고 앱에 등록하자마자 몇 명이 사고 싶다며 연락했다. 그런데 대화를 나누다 보니 몇몇 사람들의 말투와 태도가 묘하게 비슷한 느낌이었다. 반복적이고 기계적인 답변을 보고 나는 이들이 스캐머라고 확신했다.

그들이 이용한 수법은 차량 이력 조회였다. 캐나다에서는 보통

카팩스라는 사이트에서 차량의 사고 이력을 확인한다. 하지만 이들은 직접 사이트를 지정해 서류를 발급하라고 했다. 사이트는 다 달랐지만 방식은 비슷했다. 그들이 요구하는 서류 없이는 계약할 수 없다는 기계적인 답변만 했다. 차를 팔 수 있으리라는 기대는 이들이 사기꾼임을 깨닫는 순간 허무하게 무너졌다.

나는 성심껏 대답하며 그들이 원하는 요구는 최대한 들어주었다. 그들이 원하는 시간에, 가격까지 낮춰가며 협상했다. 하지만 이 모든 것이 노골적인 사기 행각이라는 것을 알았을 때 허탈했다. 내 시간과 노력이 한순간에 물거품이 되었으니 말이다. 처음부터 그들이 사기꾼이었다는 것을 인지하지 못한 나 자신에게도 화가 나기도 했다. 하지만 동시에 운이 좋았다고도 생각했다. 여러 명과 동시에 대화를 나누며 비슷한 상황을 반복해서 겪었기 때문에 이들의 수상한 행동을 빠르게 눈치챌 수 있었으니 말이다.

자동차를 사고파는 과정에서 세상 어디서든 간절함을 이용해 사기치는 사람들이 있다는 사실을 다시 한번 깨달았다. 누군가는 귀국을 한 달 앞두고도 차를 팔지 못한 초조함을 노렸다. 이러한 조급함이 자칫하면 사기로 이어질 수도 있었다. 누군가는 늘 내 돈을 노리고 있고, 나는 그들의 먹잇감이 되어서는 안 된다. 다행히 스캐머들과의 경험은 행복했던 해외살이의 끝자락에 지울 수 없는 오점으로 남지는 않았다.

오늘도 우리는 마트에 간다

처음 한 달은 매일 장을 보러 다녔다. 일주일에 두세 번이면 충분했던 한국과는 달리 여기서는 모든 것을 새로 구입해야 하니 당연하다면 당연했다. 하지만 역시 하루에 두세 번은 조금 과하지 않았나 싶기는 하다. 다만 여기에는 이유가 있었다. 가령 계란프라이 하나를 해 먹으려고 해도 달걀부터 소금, 프라이팬에 뒤집개까지 필요하다. 이곳에는 내 물건이 하나도 없으니 필요한 물건이 매일같이 생겨났다.

마트를 매일 방문했던 이유는 또 있다. 캐나다 마트는 한국처럼 편리하지 않았기 때문이다. 한국에서는 대형마트에 가면 식료품, 의류, 신발, 생활용품 심지어 외식까지 한 곳에서 해결할 수 있었다. 대기업의 독점 구조라 비판할 수는 있겠지만 그 편리함까지 부정하기는 어렵다. 캐나다에는 그런 편리함이 없었다. 필요한 물건을 사려면 여러 곳을 방문해야 했기에 불편함을 최소화하려면 각 매장의 장단점을 잘 파악해야 했다. 그래서 우리는 코스트코, 월마트, 노 프릴스, 프레스코, 푸드 베이직, 에스닉 마트까지 여러 곳을 방문하며 마트의 특징을 파악했다.

코스트코는 가격이 저렴한 대신 대용량 제품을 팔았다. 가장 작은 식용유가 3리터여서 포기했던 기억이 있다. 대신 코스트코는 기름값이 가장 저렴해서 쇼핑과 주유를 한 번에 해결했다. 그리고 잘 알려져 있다시피 코스트코는 회원제로 운영된다. 회원권은 전 세계 어디서든 사용할 수 있으므로 한국에서 이미 가입했다면 연회비를 절약할 수 있다.

월마트는 한국의 대형마트와 가장 유사했다. 학용품부터 물통, 의류 등의 생필품 구매에 가장 적합했다. 노프릴스, 프레스코, 푸드 베이직은 한국의 동네 마트 같은 곳이었다. 야채와 과일이 신선하고 저렴한 데다가 필요한 만큼만 살 수 있어서 가장 많이 이용했다.

마지막으로 한인 마트가 있다. 아무리 해외에서 살아도 입맛은 하루아침에 바뀌지 않는다. 그래서 고향 음식이 그리울 때면 한인마트를 찾았다. 그러나 우리가 살던 도시에는 한인 마트가 없었고, 가장 가까운 곳도 차로 한 시간 거리라 자주 가기 어려웠다. 대신 아시아 마트인 에스닉 마트에서 한국산 간장, 고춧가루, 과자 같은 식재료를 구할 수 있었다. 덕분에 고향의 맛을 느낄 수 있었지만 가격은 확실히 비쌌다.

주말이면 시장 분위기를 느낄 수 있는 파머스 마켓을 자주 찾았다. 이곳에서는 농부들이 재배한 신선한 채소와 과일부터 수제 빵과 치즈, 잼까지 직접 판매했다. 제철 식재료가 무엇인지 한눈에 알 수 있었고 마트에서는 느낄 수 없는 시장 특유의 활기와 신선함이 있었다. 마감 시간이 다가오면 떨이 판매를 하는데 이때 캐나다 사람들의 넉넉한 인심을 느낄 수 있었다. 값싸고 좋은 식재료에 덤으로 얹어주는 미소는 장 보기를 단순한 소비가 아니라 하나의 경험으로 만들어줬다.

세계 어디를 가든 끼니는 가장 큰 고민거리다. 아침을 먹고 나면 점심을, 점심을 먹고 나면 저녁을, 그리고 저녁을 먹고 나면 다음날 아침을 고민하는 식이다. 한국에서도 하루 세 끼를 집에서 해 먹는 게 보통 일이 아닌데 해외라고 다를까. 특히 캐나다에서는 아이들 도시락도 직접 만들었다. 그래서 새벽같이 일어나 아침 식사를 준비하며 동시에 도시락을 싸다 보니 그 분주함은 한국과 비교할 수 없었다. 냉장고를 가득 채워도 2~3일이면 금세 비워졌다.

톨스토이는 식사를 준비하고, 청소하고, 빨래하는 일상적 노동을 무시하고서는 훌륭한 삶을 살 수 없다고 말했다. 나는 다섯 식구의 식사를 준비하면서 먹는 것의 소중함을 깨달았다. 아이들이 맛있게 먹는 모습을 보는 것만으로도 행복했고, 힘들게 준비한 수고가 단번에 보상받는 기분이었다. 먹는 일은 단순히 배를 채우는 게 아닌 삶의 즐거움 그 자체였다. 이런 반복되는 작은 보상이 아내와 나를 매일 마트로 이끌었다. 지갑은 점점 가벼워졌지만, 그만큼 행복이 차곡차곡 채워지고 있었다. 그래서 오늘도 우리는 마트에 간다.

칠전칠패

어릴 때부터 실패하면 안 된다고 배웠다. 실패는 곧 패배이며 그런 실패를 반복하는 사람은 패배자의 삶을 산다고 들었다. 하지만 현실에서 모두가 성공할 수는 없다. 그렇다면 실패는 몇 번까지 허용되는 걸까. 열 번 찍어 안 넘어가는 나무 없다는 말처럼 시작했으면 열 번쯤은 시도해야 하는 걸까.

우리 가족은 YMCA 가입을 위해 일곱 번을 방문했고 일곱 번을 거절당했다. YMCA는 수영장, 헬스장 등을 갖춘 유료 스포츠 센터지만 신규 회원에게는 1년 무료 이용 혜택이 주어진다. 그래서 우리도 당연히 조건에 해당된다고 믿었는데 실제로는 시민권자, 혹은 영주권자를 위한 혜택이었다.

처음 방문해서 영주권 서류를 요구받았을 때 그만뒀어야 했다. 하지만 나는 그 이후에도 여섯 번을 더 시도했다. 여기에는 합당한 이유가 있었다. 우리와 비슷한 시기에 도착한 다른 한인 가정들이 신규 회원 혜택을 받았기 때문이다. 한 집도 아니고 두 집이나 혜택을 받았다는데 나는 거절당했으니 억울할 만도 하지 않은가.

물론 한국이었다면 처음 거절당했을 때 바로 포기했을 것이다. 하지만 이곳은 캐나다고, 똑같은 조건이라도 상황에 따라 달라지는 것을 직접 목격하고 나니 혹시나 하는 마음을 지울 수 없었다.

나중에는 왠지 손해 보는 듯한 느낌까지 들었다. 하지만 지금 생각해 보면 이는 어리석은 집착이고, 또 아집이었다.

고사성어 중에 칠종칠금七縱七擒이라는 말이 있다. 제갈량이 남만왕 맹획을 일곱 번 잡고 일곱 번 놓아준 끝에 그의 진심을 얻었다는 삼국지의 고사에서 유래된 말이다. 예전에는 어떻게 똑같은 방식에 일곱 번이나 당할 수 있나 의아했는데, 이제는 알겠다. 내가 바로 맹획이었다.

처음 거절당했을 때 멈췄다면 남은 여섯 번을 시도할 동안 썼던 에너지와 시간을 아낄 수 있었을 것이다. 하지만 나는 멈추지 않았다. 다만 나는 이 시간들을 통해 시스템과 규정에 순응할 줄 아는 자세가 필요하다는 사실을 배웠다. 일곱 번 만에 큰 깨달음을 얻고 제갈량에게 충성을 맹세한 맹획처럼 말이다. 물론 규정에 순응한 탓에 남들은 다 받는 혜택을 나만 못 받는다면 억울할 수 있겠지만 세상일이 모두 내 뜻대로 흘러가지 않는다. 이는 비단 YMCA만의 문제는 아니었다. 어느 곳이든 크고 작은 일에는 규칙이 있기 마련이니 그걸 못 가졌다며 억울해할 필요는 없다.

YMCA에서 있었던 일은 어쩌면 캐나다에서도 준법정신을 잊어서는 안 된다는 신호였는지도 모른다. 그래서 다행이다. 만약 내가 혜택을 얻어냈다면 다른 곳에서 이보다 더 큰 억지도 서슴지 않고 부렸을지 모르는 일이니 말이다.

part. 3

배움,

그러고

성장

무상교육 대신 찾은 우리만의 길

'캐나다 무상교육'으로 검색해 보면 다양한 정보가 나온다. 캐나다에서는 부모 중 한 명이 학교에 다니면 그 자녀들은 수에 상관없이 공교육을 무료로 받을 수 있었다. 세 자녀를 둔 우리에게는 최고의 조건이 아닐 수 없었다. 하지만 유학원을 통해 더 많은 정보를 알아갈수록 무상교육의 단점도 선명하게 드러났다.

이민이 목적이라면 대학 입학이 당연한 선택이겠지만 우리 가족은 아니었다. 무엇보다 대학 과제를 할 생각을 하니 선뜻 마음이 움직이지 않았다. 그나마 어학원이 가장 현실적인 방법이었다. 그러나 어학원 등록으로 무상교육을 받을 수 있는 지역은 퀘백주의 몬트리올과 노바스코샤주의 핼리팩스, 단 두 곳뿐이었다.

몬트리올은 영어와 프랑스어를 공용어로 사용한다. 그래서 수업에서도 두 언어를 사용하고 마트, 식당, 도로 표지판에도 두 언어가 함께 표기되어 있다. 영어도 서툰 상황에서 프랑스어까지 익혀야 하는 사실이 달갑지 않았다. 아이들을 다중 언어 구사자로 키운다면 장점일 수 있지만, 1년 사이에 두 언어를 모두 익히는 것은 현실적으로 무리였다. 프랑스어라는 벽은 무상교육을 능가할 만큼 매력적이지 않았다. 그래서 몬트리올은 배제했다.

그렇다면 남은 선택지는 핼리팩스였다. 하지만 이곳은 한국인이 많았다. 한 반에 절반 가까이가 한국인이라는 얘기도 있을 정도였다. 물론 한국인 친구는 있는 편이 좋을 것이다. 하지만 그런 환경이라면 굳이 외국까지 나갈 필요가 없지 않을까? 게다가 학교마다 외국인 정원 제한이 있어서 당해 연도에 정원이 다 차면 입학이 안 될 수도 있다고 했다. 아이들의 입학이 100퍼센트 보장되지 않으니 선뜻 선택하기 어려웠다.

지역을 제외하고 나니 크리스천 사립학교라는 선택지가 눈에 들어왔다. 무상교육은 아니었지만 부모가 학교나 어학원에 등록하지 않아도 됐다. 게다가 다자녀 혜택이 있어 세 자녀의 학비가 어른 한 명과 비슷했기 때문에 비용 부담도 크지 않았다. 한 반이 스물다섯 명 정도인 공립학교보다 열다섯 명 규모의 사립학교가 선생님으로부터 더 세심한 관심과 돌봄을 받을 수 있을 것 같았다. 여러 조건을 놓고 검토한 끝에 우리는 온타리오주의 궬프를 선택했다.

해외살이를 계획했을 때만 해도 일단 나라만 선택하면 이후 과정은 일사천리로 진행될 줄 알았다. 하지만 본격적으로 준비를 해 보니 따져야 할 것이 많아졌다. 세계에서 두 번째로 넓은 대륙임에도 불구하고 현실적으로 선택할 수 있는 지역이 몬트리올과 할리팩스 정도라는 점도 고민거리였다. 무상교육을 선택할지부터 프랑스어도 공용으로 사용하는 지역으로 갈 것인지, 나아가 외국인 입학 자체가 가능한지까지 모든 것이 고민거리였다.

하지만 공교육 대신 사교육으로, 대도시에서 소도시로 관점을 바꾸자 새로운 길이 열렸다. 무엇보다 궬프는 한국인이 전혀 없지는 않았지만 현지인 비율이 높기 때문에 캐나다 문화를 깊이 체험할 수 있을 것 같았다.

결론적으로 말해서 나는 무상교육에 회의적인 입장이 되었다. 무상교육이 나쁘다거나 무상교육을 받지 말라는 뜻이 아니다. 그저 직접 살아보니 아이들 돌봄이 결코 쉽지 않다는 것을 뼈저리게 느꼈기 때문이다. 특히 엄마, 또는 아빠 혼자 해외에서 아이들을 돌보며 공부하는 일은 보통의 노력으로는 해결할 수 없는 문제라고 생각한다. 이른 아침부터 도시락을 싸고, 학교에서 공부하고, 집에 돌아와 과제까지 해야 하는 상황에서 아이들까지 제대로 돌보기란 사실상 불가능하다. 게다가 아이들의 하교 시간과 수업 시간이 겹치는 등의 비상 상황도 언제든 발생할 수 있다. 그러므로 학비 때문에 부모가 학업을 이어가기보다는 아이들에게만 집중할 수 있는 환경이 더 낫다고 생각한다.

해외살이를 준비하면서 수많은 선택의 순간이 있었다. 그때마다 해외살이의 목적과 함께하는 사람들의 의지가 선택의 기준이 되었다. 우리 가족에게 가장 합리적인 기준이 무엇인지는 스스로에게 찾아보아야 한다. 만약 아이들 영어 교육이 목적이라면 굳이 부모까지 공부할 필요는 없다. 그러므로 해외로 향하는 목적을 스스로 찾는 일이 가장 중요하다.

유학원이 제공하는 정보 안에서만 고민했다면 정답은 뻔했다. 하지만 현실적인 문제들을 마주하고 우리 가족을 위한 더 나은 선택이 무엇인지 고민하다 보니 사고의 폭이 넓어지면서 더 나은 선택지를 발견할 수 있었다. 그리고 1년 내내 모두가 만족스러운 생활을 보냈다. 인터넷 정보만 좇았다면 어쩔 수 없는 조건에 수긍하며 살았을 것이다. 하지만 직접 발로 뛰며 방법을 찾았기에 더 나은 답을 얻을 수 있었다.

캐나다 무상교육을 검색하면 관련 정보가 쏟아진다. 그중 유학원 광고가 대부분을 차지한다. 그 조건이 우리 가족에게 이로운지는 스스로 판단해야 한다.

스플래시 패드

시차 적응은 빠를수록 좋다. 그렇지 않으면 낮과 밤이 뒤바뀐 생활을 하게 된다. 이를 극복하기 위해 의도적인 노력이 필요했다. 아내와 나는 쏟아지는 낮잠을 억지로 이겨내고 집 밖으로 나서는 방법을 택했다.

문제는 장소였다. 캐나다 지리는 전혀 알지 못했지만 다행히 우리에게는 구글맵이 있었다. 임시 숙소 근처를 검색하던 중, 파란색 표시 하나가 눈에 띄었다. 물놀이를 할 수 있는 공간이라기에 사진까지 확인했는데도 확신이 서지 않았다. 물놀이 놀이터라는 개념 자체가 익숙하지 않았기에 의심이 들면서도 물놀이를 좋아하는 아이들을 위한 장소라는 생각에 다 함께 집을 나섰다. 설령 물놀이를 할 수 없다 하더라도 산책한 셈 치면 그만이라는 마음이었다.

목적지까지는 도보로 10분 거리였다. 하지만 아무리 목적이 있다고 하더라도 시차 적응이 되지 않은 우리에게는 그 시간이 한 시간처럼 느껴졌다. 그렇다고 다시 돌아갈 수도 없어 아이들의 주의를 환기시키기 위해 즉석에서 새로운 놀이를 시작했다.

우선 아이들을 영어에 빠르게 적응시키기 위해 눈에 보이는 것들을 영어 단어로 바꿔 말하게 했다. 나무, 인도, 자동차, 자전거, 횡단보도 등 한국에서는 무심코 지나쳤던 것들을 문제로 냈는데 아이들의 반응이 없다. 그런데 이게 정상이다. 말하기 싫어서가 아니라 모르기 때문이다. 입국한 지 일주일도 안 된 아이들에게는 분명 갑작스러운 요구였을 것이다. 하지만 그 순간 내 마음속에는 초조함, 하루라도 빨리 아이들이 영어에 익숙해져야 한다는 불안감이 싹 트기 시작했다.

영어 단어 맞추기 놀이는 성과가 없었지만, 외출은 소기의 목적을 달성했다. 멀리서 높은 기둥에 매달린 바구니가 눈에 들어오기 시작했다. 놀이터에 가까워질수록 놀이터에 대한 의심은 확신으로 변해갔다. 한가운데 세워진 기둥에 매달린 바구니에는 물이 담겨 있었는데 가득 차면 그 무게를 이기지 못하고 기울어지며 거센 물줄기를 쏟아냈다. 그 모습을 본 아이들의 발걸음이 빨라졌다.

신나게 뛰어가던 아이들은 막상 놀이터 입구에서 머뭇거렸다. 바로 옷차림 때문이었다. 수영복 차림으로 놀이터를 누비는 다른 아이들과는 달리 우리 아이들은 외출복 차림이었다. 신발은 괜찮았지만, 반바지와 티셔츠는 아무래도 물놀이에 적합하지 않았다. 그러나 놀이터로 들어가고 싶다는 아이들의 간절한 눈빛을 외면할 부모가 과연 몇이나 될까? 어차피 시차 적응을 위해서라도 신체 활동은 필요한 상황이었다. 나의 허락이 떨어지자마자 아이들은 기다렸다는 듯이 놀이터로 뛰어들었다.

한국에서도 여름이면 우리는 늘 바다나 계곡으로 물놀이를 하러 갔다. 주택으로 이사한 뒤에는 앞마당에 풀장을 만들어 두고 무더움을 식혔다. 그래서인지 아이들은 물놀이를 좋아했다. 그런데 친숙한 광경이 처음 방문한 캐나다 놀이터에 펼쳐진 것이다. 비록 바다나 계곡 같은 자연은 아니었지만 머리 위에서 쏟아지는 물줄기와 다양한 놀이 기구 덕분에 조금이나마 낯설음을 떨쳐버릴 수 있었다. 시차 적응을 위해 나선 길이었지만 캐나다의 새로운 문화를 경험한 순간이었다.

얼마 지나지 않아 첫째가 입술이 파래진 채 몸을 떨면서 돌아왔다. 첫째의 모습을 보고 돌아가기로 했는데 밑의 두 동생들은 더 놀고 싶어 했다. 내일 또 오자는 약속을 하고서야 아쉬움을 뒤로하고 집으로 향했다.

이러한 물놀이 놀이터를 캐나다에서는 스플래시 패드Splash Pad라고 부른다. 차로 한두 시간이면 바다나 계곡에 갈 수 있는 한국과는 달리 캐나다는 땅이 넓어 몇 시간을 달려야 겨우 바다를 볼수 있다. 스플래시 패드는 이러한 환경이 만들어낸 결과물이라고할 수 있다. 시청 홈페이지에서 위치는 물론 운영 기간까지 확인할수 있으므로 여름이 되면 집에서 가까운 곳을 검색해 이용하면 된다. 여름철 아이들과 함께 물놀이를 하기에 이만한 공간이 없다.

스플래시 패드는 한국으로 돌아오기 전까지 수없이 찾았다. 구글맵에 파란색으로 표시된 공간을 더 이상 의심하지 않았고 아이들은 스플래시 패드로 가자는 제안을 언제나 반겼다. 그곳에 익숙해지자 그 공간이 가진 분위기도 조금씩 눈에 들어오기 시작했다.

뛰어노는 아이들 곁에는 다양한 인종의 가족들이 함께했다. 부모들은 벤치에 앉아 서로 인사를 나누거나 말없이 아이들을 지켜보고 있었다. 사용하는 언어도, 피부색도, 옷차림도 모두 달랐지만 그 차이는 어색함으로 이어지지 않았다. 그 순간만큼은 모두가 같은 공간에서 같은 시간을 보내고 있었다. 누군가를 배제하거나 눈치를 보는 분위기는 없었고 각자의 방식으로 그 시간을 자연스럽게 즐기고 있었다. 그 모습을 지켜보며 나는 일상의 풍경 속에서 캐나다가 지닌 다채로움을 피부로 느낄 수 있었다.

아이들은 물놀이에 완전히 빠져 피곤함도 잊은 채 뛰어놀았고, 우리는 그 시간 덕분에 자연스럽게 시차에 적응할 수 있었다. 스플래시 패드는 단순한 놀이터가 아니라 우리 가족에게 캐나다의 일상과 문화를 가장 먼저 경험하게 해준 소중한 장소였다.

서머 캠프에서 배운 자신감

7월 입국을 선택한 이유는 단순했다. 9월 학기 시작 전에 아이들이 영어에 대한 두려움을 조금이나마 덜었으면 했기 때문이다. 영어 한마디도 제대로 하지 못하는 아이들이 낯선 나라에서 살아가려면 무엇보다도 언어가 시급했다. 말이 안 통하면 친구도 사귈 수 없고 수업을 따라가기도 어려우니 자존감마저 흔들릴 수 있다. 그래서 아이들이 입학 전에 영어 환경을 몸으로 겪으며 적응할 수 있도록 현지 서머 캠프에 참여시키기로 했다.

하지만 여기에도 변수는 있었다. 등록만 하면 되는 줄 알았던 서머 캠프는 이미 3월에 마감된 상태였다. 서머 캠프는 꼭 참여시키려고 마음먹었기 때문에 허탈함이 컸다. 조금 더 서둘렀어야 한다고 자책하기도 했다.

그러나 막다른 길을 만나면 새로운 길이 열리기 마련이다. 지역 커뮤니티나 교회에서 주관하는 소규모 프로그램이 여전히 접수 중이라는 사실을 알게 된 것이다. 그래서 우리는 그중 한곳에 등록했다. 커리큘럼이 유명한 것도 아니고 전문 강사진도 없었지만 지금 우리에게 그러한 것은 중요하지 않았다. 또래 친구들과 하루를 함께 보내며 영어에 익숙해질 수 있는 환경이면 충분했다. 그래서 오히려 소규모 그룹이 더 부담 없고 더 안정적인 출발이 될 수도 있겠다는 생각도 들었다.

그러나 하나의 걱정을 덜어내니 또 다른 걱정이 생겼다. 말도 통하지 않는 낯선 공간에서 부모 없이 아이들끼리 잘 해낼 수 있을지, 부모의 바람이 아이들에게 무거운 도전이 되지는 않을지, 위축되고 눈치만 보며 시간을 보내지 않을지 걱정이 되었다. 그래서 나는 아이들에게 정말로 캠프에 가고 싶은지 반복해서 물었는데 아이들의 의사는 확고했다. 특히 둘째는 영어를 다 알아들을 수 있다고 큰소리까지 쳤다. 아직 알파벳도 제대로 못 읽는 듯했지만 아이의 자신 있다는 말을 부모가 믿어주지 않는다면 누가 믿을까. 그리고 영어 실력과는 별개로 서머 캠프에 대한 기대는 그 누구보다도 단단해 보였다. 아이들은 낯선 환경을 두려움보다 설렘으로 받아들이고 있었다.

그리고 막내도 걱정이었다. 서머 캠프는 만 6세부터 등록이 가능했기에 만 5세인 막내는 규정상 등록이 불가능했다. 나이 때문에 언니들과 같이 갈 수 없다고 하니 아이들에게 거듭 의견을 물었던 나처럼 막내도 끈질기게 참여하고 싶다고 졸랐다. 아이의 간절함을 모르는 체 할 수 없어 우선 캠프 담당자에게 우리의 사정을 설명했다.

막내의 간절함이 닿았는지 담당자는 한참을 망설였지만 결국 막내에게도 캠프의 문을 열어주었다. 그럼에도 나이가 나이인지라 마음이 쉽게 놓이지 않았다. 하지만 막내는 막내대로 혹시나 자기만 떼어놓고 가지는 않을까 걱정이 된 모양이었다. 캠프 첫날 아침에 깨우지도 않았는데 혼자서 새벽같이 일어나 조용히 자기 가방을 챙기고 옷을 입고 있었다. 그리고 출발하자는 말에 그제야 안심이 된 표정으로 씩씩하게 따라나섰다.

아이들은 가슴에 이름표를 달고 낯선 교실로 들어섰다. 아이들의 뒷모습은 부모에게 걱정하지 말라고 말하는 듯했다. 그럼에도 그 이후의 여덟 시간은 유난히 길었다. 언어가 안 통해 억울한 일을 당하진 않을지, 부모의 도움이 필요한 순간이 있을지, 캠프 측에서 연락이 올 수도 있다는 생각에 하루에도 수십 번 휴대폰을 확인했다.

그러나 걱정은 기우였다. 아이들의 표정은 무척 밝았다. 그리고 재미있었다는 말 한마디로 하루를 요약했다. 그리고 셋 다 입을 모아 내일이 빨리 왔으면 좋겠다고 했다. 비록 언어는 서툴렀지만 친구를 사귀고 노래를 배웠으며 쿠키를 굽거나 공원에서 놀면서 하루 종일 신나게 뛰어놀았다. 아이들에게 서머 캠프는 자유를 만끽한 시간이었고 모험이 가득한 새로운 세계였다. 부모에게는 불필요한 상상의 시간이었을지 몰라도 아이들은 이미 우리가 걱정하는 것보다 훨씬 강하고 유연하게 현실에 적응하고 있었다.

3주라는 시간이 훌쩍 지나갔다. 그동안 아이들의 영어 실력이 갑자기 확 늘어나는 기적은 일어나지 않았다. 그 대신 아이들은 더 이상 외국인 앞에서 움츠러들지 않았다. 짧은 인사라도 스스럼없이 건넸고 눈을 맞추며 웃고 말이 잘 나오지 않을 때는 몸짓으로라도 표현하려 노력했다. 언어를 받아들이는 태도만큼은 확실히 바뀐 것이다. 비록 영어가 유창해지지는 않았지만 아이들의 마음속에 있던 영어에 대한 벽은 사라졌다. 자신감을 가지고 하루를 시작할 수 있게 된 것, 그것이 우리가 서머 캠프에서 얻은 가장 값진 성과였다.

캠프가 끝나자 아이들은 아쉬워했지만 사실 우리 부부는 속으로 안도의 한숨을 쉬었다. 다름 아닌 도시락 때문이었다. 누군가 캐나다 생활에서 무엇이 가장 힘들었냐고 묻는다면 나는 주저 없이 도시락이라고 답할 것이다. 이곳은 급식이 없으니 매일 아침 도시락을 챙겨야 한다. 게다가 한식을 고집하자니 재료가 너무 한정적이었다. 김치나 고추장류는 귀했고 나물은 구하기가 힘들었다. 그러다 보니 김밥이나 볶음밥 같은 만들기 간편한 메뉴에 기대게 되었는데 그렇다고 매일 똑같은 것만 만들어 줄 수는 없었다. 똑같은 메뉴는 아이들이 쉽게 질려하기 때문에 식사량은 자연스레 줄어들 수밖에 없다. 한창 성장기인 아이들을 조금이라도 더 먹여야 하는 부모에게는 식단 구성이 큰 스트레스가 아닐 수 없다.

이 작은 도시락 하나가 주는 피로감은 한국 급식 시스템의 위대함을 떠올리게 했다. 급식은 단순히 식사가 아니었다. 부모에게는 아침의 여유를, 아이들에게는 균형 잡힌 영양을, 모두에게는 일상의 편의를 주는 시스템이었다. 한국에서는 너무도 당연했던 급식이 무척 그리웠다. 캐나다는 분명 살기 좋은 나라다. 그러나 떠나봐야 비로소 보이는 것들이 있고 익숙했던 것들은 낯설어질 때 그 진가를 드러낸다. 급식의 위대함도 마찬가지였다.

내 아이를 지킨 이메일 한 통

　나는 아이들의 등교 첫날부터 선생님에게 장문의 이메일을 쓰게 될 줄 몰랐다. 아이들이 처음으로 외국 학교로 등교하는 날, 나는 그저 무사히 하루를 마치기만을 바랐다. 하지만 하굣길에 들은 아이의 이야기는 그 기대를 무너뜨리기에 충분했다.

　등교 첫날부터 둘째는 불미스러운 일을 겪었다. 수업을 마친 아이는 차에 오르자마자 학교에서 있었던 일을 털어놓았다. 선생님께 인사를 하고 신발을 갈아 신고 있는데 어떤 남자아이가 알림장으로 자기 머리를 때렸다고 말이다. 혹시 친구가 실수로 그런 것 아니냐는 내 말에 대한 아이의 대답은 다소 충격적이었다. 남자아이는 미안하다는 말 대신 맞은 부위를 문지르며 아파하는 둘째를 보고 웃었다고 했다. 고통스러워하는 내 딸을 보고 웃고 있는 아이를 상상하니 속에서 천불이 일었다. 어떻게 다른 사람을 때리고 그 상황에서 웃을 수 있을까.

　당장 학교로 돌아가 선생님께 자초지종을 물어보려고 했는데 순간 학교생활 매뉴얼이 머릿속을 스쳤다. 캐나다와 한국의 학교 문화가 다른 것 중 하나로 바로 이 민원 처리 방식을 꼽을 수 있다. 한국에서는 문제가 생기면 학부모가 직접 나서서 해결하려는 경향이 강하다. 그 과정에서 자녀의 말을 지나치게 신뢰하다 보니 해결

방식이 다소 과격해지는 경우도 적지 않다고 생각한다. 하지만 캐나다에서는 이런 방식이 통하지 않는다.

두 나라 모두 문제가 생기면 선생님에게 먼저 이야기하는 점은 같았다. 하지만 그 해결 방식에는 차이가 있었다. 캐나다에서는 전화 대신 이메일을 통해 문제를 제기하며 감정적인 표현보다는 객관적인 사실 전달을 우선으로 한다. 특히 폭행이나 차별처럼 민감한 상황일수록 당시의 상황을 차분하고 적확하게 서술해야 한다. 사실 캐나다에 오기 전 학교 문제에 대한 후기들을 읽기는 했었다. 우리 가족과는 상관없는 일이라 여겼기에 대수롭지 않게 흘려버렸는데 등교 첫날부터 예상치 못한 일이 벌어진 것이다. 집으로 돌아온 나는 번역기에 의존해 선생님에게 장문의 이메일을 쓰기 시작했다.

둘째에게 가해 학생의 이름을 물었지만 모른다고 했다. 당연한 일이었다. 등교 첫날, 그것도 영어가 익숙하지 않은 아이가 외국인 이름을 어떻게 기억할 수 있을까? 다행히도 남자아이의 신발장 위치를 기억하는 모양이었다. 그래서 그 단서를 바탕으로 선생님께 가해 학생을 특정할 수 있는 신발장 위치 정보와 함께 하교 시간에 있었던 상황, 그리고 아파하는 아이를 보고 웃었던 태도까지 상세히 묘사해 이메일을 보냈다.

메일을 보낸 뒤에도 마음이 놓이지 않았다. 이런 식으로 문제를 해결하는 게 맞는 걸까? 불편한 경험을 글로만 전달하는 것이 과연 아이의 학교생활에 긍정적인 영향을 줄 수 있을까? 영어도 제대로 못하는 외국인이 첫날부터 유난을 떤다며 더 큰 차별로 이어질지 모른다는 걱정도 들었다. 하지만 아이가 맞았는데 가만히 있을 부모는 어디에도 없다. 메일로 해결되지 않으면 다음 단계인 교장 선생님에게 연락하고, 그래도 안 되면 결국 한국식으로 처리하는 수밖에 없다고 마음을 다잡았다. 이 문제를 어떻게 풀어야 할지 생각하느라 복잡한 머리를 부여잡고 다음날이 오기를 기다릴 수밖에 없었다.

다음날, 학교로 향하는 아이의 무거운 발걸음만큼 나 역시 무거운 마음으로 하루 종일 선생님의 답장을 초조하게 기다렸다. 하지만 학교가 끝나고 멀리서 신이 난 발걸음으로 뛰어오는 둘째의 얼굴을 보니 상황이 잘 해결된 듯싶다. 그래도 직접 듣기 전까지는 안심할 수 없었다. 어떻게 되었는지 조심스럽게 물었더니 어제 때렸던 아이가 찾아와 자신의 실수를 인정하고 사과했다고 한다.

거기서 끝났다면 좋았겠지만, 그 아이는 이후에도 몇 번 더 둘째를 괴롭혔다. 그리고 그럴 때마다 나는 선생님에게 이메일을 보냈다. 다행히도 대부분은 수업 중에 발생하는 사소한 트러블이었다. 하지만 첫날 일의 인상이 강력했기 때문인지 선생님이 둘째에게 특히 더 신경을 써 주셨다. 그렇게 생각하면 첫날의 불미스러운 일이 전화위복이 된 것 같다는 생각이 들기도 한다.

둘째는 그 남자아이에게 직접 사과를 요구하고 싶어도 영어를 못하니 답답했을 것이다. '때리지 마', '아파', '사과해'와 같은 짧은 말조차 못 하고 속으로만 삼켜야만 했으니 말이다. 하지만 이 일을 통해 나와 아이들 모두 학교에서 생긴 일은 선생님에게 이메일을 보내면 해결할 수 있다는 사실을 배웠다. 말이 통하지 않아서 답답하고 억울한 상황이 와도 차분하게 의견을 전달하면 그걸로 충분했다.

만약 같은 일이 한국에서 발생했다면 어땠을까. 아마 나였어도 우선은 선생님에게 전화하거나 학교를 찾아갔을 가능성이 크다. 학부모가 개입하는 상황이 빈번하다 보니 아이들 싸움이 어른 싸움으로 번지는 일도 많다. 그 과정에서 피해 학생과 가해 학생은 물론 양쪽 부모와 교사까지 불필요하게 감정을 소모할 수밖에 없다.

반면 캐나다의 학교 매뉴얼은 한국보다는 명확하고 체계적인 느낌이었다. 모든 문제를 담임 선생님에게 맡기고, 담임 선생님이 해결할 수 없는 경우에 교장 선생님이 개입해 면담을 진행한다. 그마저도 해결되지 않으면 학부모를 불러 정식으로 상담한다. 이후에도 갈등이 지속될 경우, 문제를 일으킨 아이를 전학시키는 절차로 이어진다. 실제로 1년 전, 이 매뉴얼에 따라 전학을 간 학생이 있었다고 한다. 자녀가 문제를 일으켜 학교를 옮겨야 하는 상황을 반기는 부모는 없다. 그래서 캐나다의 교육 현장에서는 가해 학생의 학부모가 문제 해결을 위해 적극적으로 노력한다.

학부모는 자녀의 이야기를 바탕으로 상황을 판단하기 마련이다. 그래서 내 아이의 입장에서만 생각하고 사건의 앞뒤 맥락보다는 아이의 말에만 집중할 수 있다. 그러나 아이들 문제는 한쪽 의견만 들어서는 안 된다. 그 상황을 객관적으로 바라본 사람의 의견이 무엇보다도 중요하다. 그 역할을 해 주는 사람이 바로 선생님이다. 매일 아이들을 가장 가까이서 지켜보는 선생님은 학생들 사이의 관계와 분위기를 객관적으로 판단할 수 있다.

입학 첫날 불미스러운 일을 겪고 나니 나는 한국 사회는 배려가 조금 부족하다는 생각이 들었다. 학생, 학부모, 교사 모두가 서로에 대한 배려가 부족하니 갈등이 감정싸움으로 번지고 교사들이 감당하기 어려운 상황에 내몰리는 일까지 벌어지는 듯하다. 나만 옳다는 생각, 내 아이만 중요하다는 태도가 결국 학교 문화를 더 팍팍하게 만들고 있는 것은 아닐까. 각자의 입장만 내세우는 마음이 우리 교육 현장을 무너뜨리고 있는 건 아닐까.

이러한 갈등은 이메일로 해결할 수 있지 않을까 생각했다. 이메일은 상대에게 즉각적인 반응을 강요하지 않고 상황을 객관적으로 판단할 수 있는 여유를 준다. 이런 시간적 여유는 상대에게 숨을 고를 시간을 주고 감정이 아닌 이성적으로 문제를 바라볼 수 있게 한다.

또한 이메일은 표현을 정제시킨다. 화가 난 상태에서는 감정이 앞서기 마련이다. 하지만 글로 상황을 정리하다 보면 사실과 감정이 자연스럽게 구분된다. 그리고 실제로 있었던 일에 대해서 자기검열도 할 수 있게 된다.

무엇보다 이메일은 아이들을 보호한다. 문제 해결은 언성이 오가야만 해결되는 것이 아니다. 아이들에게 부모의 분노를 보여주지 않아도 된다. 또한 객관적인 상황 설명을 위해서는 아이들과 많은 대화를 해야 한다. 그 과정에서 부모는 아이의 상황을 이해할 수 있고 아이들 역시 부모에게 말하면 문제가 해결된다고 믿게 된다.

이렇게 보면 이메일은 단순한 수단이 아니다. 이메일을 사용함으로써 서로 다른 눈높이의 사람들이 감정을 앞세우기보다 객관적으로 상황을 판단한다. 그리고 서로를 이해하고 배려하며 문제를 풀어갈 수 있을 것이다. 내가 작성했던 이메일처럼 말이다.

낯선 문화에 적응하는 아이들

캐나다에도 선생님과 학부모 상담을 한다. 아이들이 학교생활을 어떻게 하고 있는지 내심 궁금했는데, 보다 세세하게 물어볼 수 있는 좋은 기회였다. 입국한 지 3개월이 지났지만, 우리 아이들은 아직 듣기와 말하기 모두 서툰 상황이었다. 그렇기에 외국인 친구들과 잘 지내는지 궁금했다. 아이들은 한국인 친구들이 많이 도와준다고 이야기했지만 그래도 마음이 놓이지는 않았다.

그래서 그동안의 적응 과정을 가장 가까이에서 지켜보며 아이들을 가르친 선생님에게 이야기를 직접 듣고 싶었다. 다만 나 역시 영어가 완벽하지 않은 탓에 상담 전 준비가 필요했다. 아이들의 성향과 할당된 15분 동안 가장 묻고 싶었던 질문들을 위주로 정리했다. 첫째는 학교생활과 교우 관계, 둘째는 등교 첫날 있었던 상황, 셋째는 급식에 대한 내용이었다.

첫째 상담은 인상적이었다. 첫째는 스스로에 대한 기대가 큰 편이라 집으로 돌아오면 친구들 중에서 자신만 영어를 못한다는 사실에 힘들어했다. 하지만 그런 스트레스가 수업 시간에는 긍정적으로 나타난 모양이었다. 모르는 부분이나 도움이 필요할 때면 주저하지 않고 손을 들어 도움을 요청했다. 선생님은 그런 적극적인 수업 태도가 오히려 고맙다고 했다.

한국이었다면 수업을 방해한다고 지적받았을 수도 있겠지만 이곳은 조금 달랐다. 어떤 질문이든 환영했고 어려움에 처한 친구를 옆에서 도와주는 분위기가 형성되어 있었다. 영어로 즉각 대응하기 어려운 상황에서도 아이가 위축되지 않고 적응해 나갈 수 있었던 이유는 이러한 교실 안의 환경 때문이다.

사실 세 아이 중 가장 우려되던 것은 둘째였다. 상담이 시작되자마자 나는 입학 첫날 외국인 남자아이와 겪은 불미스러운 일부터 물었다. 알고 보니 그 아이는 우리 아이를 포함해 반 전체 아이들에게 비슷한 행동을 하고 있었다. 그리고 선생님 또한 그 학생 때문에 고민이 많다고 이야기했다. 그 문제로 해당 학생의 부모와도 여러 차례 상담을 진행했으며 문제 해결을 위해 노력 중이라고 설명했다. 앞으로도 계속해서 주의 깊게 관찰할 테니 자신을 믿어달라는 말도 덧붙였다.

그리고 선생님이 학업 평가 자료를 보여주었다. 하지만 처음 보는 방식이라 한눈에 이해되지 않았다. 이를 눈치챈 선생님은 가장 궁금했던 자가 진단 평가지를 꺼내 설명해 주었다. 우리는 둘째가 예민한 성향이라 상처를 쉽게 받고 자기 자신에 대한 신뢰도 낮다고 생각했는데 결과지는 우리의 예상과 달랐다. 둘째는 스스로를 평가하는 문항에 아주 만족스럽다고 대답했다. 둘째는 우리가 예상했던 것보다 훨씬 안정적으로 학교에 적응하고 있었다.

막내의 상담은 한국과 캐나다의 문화 차이를 조금 더 직접적으로 느낄 수 있는 시간이었다. 막내는 매일 도시락을 남겨왔다. 집에서 먹는 양보다 훨씬 적게 싸줬음에도 불구하고 늘 잔반이 있었다. 학교에만 가면 식욕이 줄어드는 것처럼 보였다. 입이 짧은 아이

들 곁에서 조금이라도 더 먹이려 애쓰는 한국 선생님들의 모습이 익숙했던 탓인지 처음에는 선생님이 아이들의 식사에 관심을 두지 않는 것 같아 서운하게 느껴졌다. 선생님의 아무런 개입 없이 점심 시간이 끝나는 것도 낯설게 느껴졌다. 혹시 막내에게 전혀 관심이 없을지도 모른다는 생각도 들었다.

하지만 선생님은 어떤 도시락을 챙겨오는지 잘 알고 있었다. 오히려 정성스럽게 도시락을 준비한 우리 부부의 노력을 칭찬해 주었다. 막내가 점심을 남기는 이유는 문화적 차이 때문이었다. 캐나다에서는 그릇의 뚜껑이 열리지 않는 등 명확한 도움이 필요한 경우가 아니라면 선생님은 식사에 개입하지 않았다. 만일 도시락을 계속 남긴다면 이는 아이 스스로 해결해야 할 문제로 여기는 듯했다.

식사에 대한 궁금증을 해소한 다음에는 언어와 교우 관계에 대해 물었다. 선생님은 준비해 두었던 활동지를 보여주며 아이가 수업에 적극적으로 참여하고 있고 친구들과도 원만한 관계를 유지하고 있다고 설명해 주었다. 아직 말이 완벽하지는 않지만 학교생활에는 큰 어려움은 없어 보인다고 했다.

담임 선생님들은 모두 아이들이 학교생활에 잘 적응 중이라고 전했다. 부모 입장에서 가장 듣고 싶었던 말을 선생님들 입을 통해서 들으니 막연하던 불안이 정리되는 느낌이었다.

철봉으로 성장하는 아이들

캐나다 학교에는 리세스Recess 시간이 있다. 우리나라로 치면 쉬는 시간이지만 이 시간에는 한 명도 빠짐없이 전교생 모두 운동장으로 나가 외부 활동을 해야 한다. 아이들이 다니는 학교 운동장에는 미끄럼틀 하나, 철봉 하나, 정글짐 하나, 넓은 잔디밭이 전부지만 아이들은 리세스 시간을 알리는 종이 울리면 전력을 다해 밖으로 뛰쳐나간다.

아이들에게 가장 인기가 있는 기구는 철봉이다. 철봉 모퉁이의 작은 공간이라도 차지하기 위한 경쟁이 치열했는데 우리 아이들도 그런 분위기에 자연스럽게 휩쓸렸다. 처음에는 철봉에 매달리는 일조차 버거워했지만 자꾸 매달리다 보니 점차 손에 힘이 생기면서 철봉을 이용하는 시간이 늘기 시작했다. 손바닥에는 굳은살이 잡혔고 살갗이 벗겨져도 아랑곳하지 않고 매일 같이 철봉을 찾더니 어느 순간 철봉 위로 올라가 한 바퀴를 돌기까지 한다. 철봉은 아이들이 캐나다에서 처음으로 재미를 느낀 운동이자 자연스럽게 생긴 취미였다. 어떤 강요나 지시 없이 본인들이 직접 찾아낸 활동이라는 점에서 의미가 더 컸다.

하지만 겨울이 되니 날씨가 추워져 철봉을 이용하기 어려워졌다. 아이들은 무척 답답해했다. 첫째가 더는 참을 수 없었는지 조용하지만 단호하게 철봉을 하고 싶으니 짐네스틱 체육관이라도 보내 달라고 했다. 그 말을 들은 동생들까지 합세해 셋이 한목소리로 체육관에 보내달라고 졸라댔다.

아이들이 무언가를 자발적으로 요청하다니 기특하면서도 대견했다. 당장이라도 보내주고 싶었지만 어쨌든 현실적인 문제를 고려하지 않을 수 없었다. 알아보니 한 달 수강료는 한 명당 100달러, 여기에 세금 13퍼센트가 별도로 붙고 연회비도 내야 한다. 그리고 우리 집은 세 명을 동시에 등록해야 하니 결코 적은 금액이라 할 수는 없었다. 그러나 야외 활동에 제약이 있는 계절이다 보니 실내 활동이 필요한 시점이기는 했다. 결국 나는 아이들이 보내오는 간절한 눈빛에 백기를 들 수밖에 없었다. 돈보다 운동이 먼저라는 생각으로 수업을 등록했다.

수업에 대해 검색해 보니 칭찬 일색이었다. 유연성과 근력, 자신감을 키워 주고 정서적으로도 긍정적인 영향을 준다고 했다. 무엇보다 운동은 어릴 때부터 전문가에게 체계적으로 배우는 것이 좋으니 이번 기회에 제대로 된 운동을 배울 수 있으리라 기대했다.

하지만 첫 수업을 참관하고 나니 생각이 바뀌었다. 코치에 대한 인상이 예상보다 너무 달랐기 때문이다. 물론 외형으로 사람을 판단해서는 안 되지만 일단 운동을 가르치기에 부적합한 체형처럼 보였다. 이러한 생각은 수업이 시작되자 더욱 확고해졌다. 코치는 아이들에게 직접 시범을 보이지 않고 수업 내내 멀찍이서 말로 지시만 했다. 아이들과 눈을 맞추며 반응을 살피는 태도나 따뜻한 피드백도 부족해 보였다. 전반적으로 지도보다는 관리에 가까운 인상이었다. 첫 수업을 마치고 나서 이 코치에게 아이들을 계속 맡겨도 괜찮을지 고민이 되었다. 하지만 다행스럽게도 그날 이후로 더 이상 그녀의 모습은 보이지 않았다.

체육관에 등록했다고 반드시 전문적인 체육 수업을 받는 것은 아니었다. 하지만 어쩌면 이런 기대는 어른들만 하는 것인지도 모른다. 아이들은 체육관의 프로그램이나 코치의 지도 방식에는 큰 관심이 없었다. 체육관에 도착했다는 것만으로도 충분히 설레고 만족해했다. 그 공간은 아이들이 마음껏 뛰고 구르고 매달릴 수 있는 실내 놀이터였다. 수업이 계속될 수록 아이들의 흥미는 더욱 높아졌다. 평소 쉽게 싫증을 내는 둘째조차 가기 싫다고 말한 적이 없을 정도로 만족도가 높았다. 그것만으로도 이 수업은 그해 겨울 동안 제 역할을 충분히 했다고 생각한다. 날이 풀리고 봄이 오자 우리는 자연스럽게 학교 운동장의 철봉으로 다시 돌아갔다.

캐나다 생활이 길어질수록 아이들이 철봉에 매달리는 시간도 점점 늘어났다. 체력이 좋아지는 것 이상으로 정서도 확실히 단단해졌다. 사소한 일에 짜증을 내기보다는 한 걸음 양보하고 기다릴 줄 아는 여유도 생겼다. 몸을 움직이며 배운 인내와 협동은 교과서

보다 더 생생한 가르침이 되었다. 아이들은 캐나다에서 영어뿐 아니라 몸도 마음도 함께 성장하고 있었다.

처음 무대에 선 날

캐나다에서의 경험 중 가장 신선했던 것을 꼽으라면 연극 공연이라고 할 수 있다. 교회에서 주관하는 연극단 모집공고를 본 나는 아이들에게 참여 의사를 물었다. 외국인과 함께 무대에 서는 일은 어른인 나조차도 부담스러운 일이다. 특히 장면마다 정해진 동선을 따라 움직이며 무대 위에서 자연스럽게 대사를 읊는 일은 결코 쉽지 않다. 무엇보다 개인적으로 연극은 언어에 대한 자신감이 있어야 가능한 도전이라고 생각했다. 그래서 당연히 아이들이 거절할 줄 알았는데 내 예상과는 달리 아이들은 망설임 없이 참여 의사를 밝혔다.

연습은 매주 화요일 방과 후 한 시간씩 진행되었는데 아이들은 단 한 번도 빠진 적이 없었다. 아마 힘들었을 것이다. 하지만 아이들은 놀고 싶고, 쉬고 싶은 마음을 뒤로하고 단 한 번의 불평 없이 정해진 시간에 연습실로 향했다. 아이들은 스스로 선택한 활동에 책임감을 느끼며 중도에 포기하는 일 없이 끝까지 해냈다. 어쩌면 그것만으로도 이 활동은 충분히 가치가 있다는 생각이 든다.

사실 내가 연극을 제안했던 진짜 이유는 방과 후 또래 친구들과의 자연스러운 만남을 만들어주기 위해서였다. 언어 장벽이 분명한 환경에서 외국인 친구들을 금세 사귀기는 힘들다. 말이 잘 통하지 않으면 쉽게 오해를 사기도 하고 작은 갈등도 감정적으로 느껴질 수 있기 때문이다. 나는 아이들이 친구 관계에서 소외되지 않고 건강한 관계를 맺을 수 있기를 바랐다.

연극은 이러한 바람을 들어줄 수 있는 좋은 선택지처럼 보였다. 솔직히 내가 권하기는 했지만 처음 아이들이 연극에 참여하겠다고 했을 때 걱정이 앞섰다. 무대에서 연기를 하며 영어 대사를 읊는 일은 결코 간단하지 않다. 또 선생님의 지시를 제대로 이해하지 못하면 오해가 생기거나 친구들과의 호흡에도 문제가 생길 수도 있다. 무엇보다 관객 앞에서 실수라도 한다면 좋지 않은 기억으로 남을 수 있다. 하지만 이런 걱정은 기우였다. 아이들은 연습에 참여하는 동안 많은 친구들과 이야기하며 관계를 쌓아 나갔다. 연습이 끝난 얼굴에는 언제나 웃음이 가득했다. 무엇이 재미있었는지 물으면 넘어진 친구 이야기부터 잘못 재생된 음악이나 친구들과 주고받았던 대화까지 에피소드가 무궁무진했다. 아이들에게는 단순한 연습이 아니라 또래 친구들과 함께 즐긴 놀이 시간이었던 모양이다.

또한 아이들은 무대 위에서도 흔들림 없이 또박또박 대사를 읊었다. 반짝이는 눈빛으로 친구들과 함께 어울리며 연기를 했다. 우리 아이들은 자신감으로 똘똘 뭉쳐 있었다. 물론 맡은 역할은 중심인물도 아니었고 대사도 몇 줄뿐이지만 그 짧은 문장이 준 힘은 생각보다 큰 모양이었다. 연극이라는 경험을 통해 아이들은 나도 해낼 수 있다는 자신감을 얻었다. 그리고 이 자신감은 아이의 앞으로의 삶에 단단한 지지 기반이 되어줄 것이다.

솔직히 연극 줄거리는 잘 모른다. 아이들이 가져온 대본을 꼼꼼히 읽어본 적도 없고 연극 내용을 완벽히 이해한 것도 아니었다. 하지만 그건 별로 중요하지 않았다. 그날 우리는 관객석에서 또래 친구들과 나란히 서서 당당하게 대사를 읊는 아이들의 모습을 보았다. 그거면 충분했다.

특별한 성과나 결과를 바란 것은 아니었다. 그저 또래 친구들과 자연스럽게 어울리고 새로운 것을 경험하며 그 안에서 자신감을 얻었으면 싶었다. 그런데 이 연극은 그 이상의 의미를 남겼다. 스스로 선택한 활동에 즐겁게, 그리고 책임감 있게 참여했다. 자신감은 덤이었다. 그리고 그 과정은 부모인 우리에게도 큰 감동으로 남았다.

공연은 끝났지만 무대 위에서의 순간은 추억이 되어 남았다. 나는 우리 아이들이 언젠가 또 다른 무대에 서더라도 이날처럼 당당하리라 믿는다. 그 무대가 어디이고 어떤 언어를 사용하는지는 상관없다. 말이 서툴지라도 주저하지 않고 자신을 표현할 수 있을 것이다. 이번 경험은 단순한 연극 한 편이 아닌 아이 인생에서 '처음으로 무대에 섰던' 용기의 기록이었다.

트릭 오어 트릿

캐나다는 핼러윈에 진심인 나라다. 10월의 마지막 날에는 어른과 아이 모두가 함께 준비하고 즐기는 축제가 펼쳐진다. 단순히 유령 복장을 하고 사탕을 받는 날인줄 알았던 내 생각은 큰 착각이었다. 이곳에서 핼러윈은 한국의 어린이날처럼 아이들이 손꼽아 기다리는 특별한 날이었다.

어떤 집은 앞마당을 귀신의 집처럼 꾸며 음산한 분위기를 연출했고 또 어떤 집은 창의적인 장식으로 사람들의 시선을 사로잡았다. 이렇게 정성을 들이는 이유는 밤에 방문할 아이들에게 잊지 못할 추억을 선물하기 위해서다. 그리고 아이들은 그 마음에 보답하듯 환하게 웃으며 "트릭 오어 트릿!"이라고 외친다.

당연하지만 우리 아이들도 핼러윈 코스튬 복장을 입고 싶어

했다. 단 하루뿐인 특별한 날이니 원하는 대로 해 주고 싶어 매장을 찾았다. 하지만 대부분 한 벌에 5만 원이 넘었다. 세 벌을 사야 하는 우리 집 입장에서는 가격 부담이 만만치 않았다. 그렇다고 아예 안 살 수는 없어 중고 매장으로 향했다. 핼러윈 시즌에 맞춰 마련된 별도 코너에는 다양한 복장이 훨씬 저렴한 가격에 진열되어 있었다. 아이들에게 원하는 옷을 자유롭게 골라 보라고 하니 첫째는 마녀, 둘째는 머리띠와 장갑, 막내는 루돌프를 선택했다. 아직 계산도 안 했는데 아이들 얼굴에는 이미 설렘이 가득했다.

핼러윈 때는 집집마다 앞마당을 직접 꾸민다. 그리고 아이들은 분장을 한 채 이웃집을 방문하며 사탕을 받는다. 단순한 사탕 받기처럼 보이지만 그 속에는 서로의 존재를 인식하고 반기는 따뜻한 공동체 정서가 배어 있었다. 우리 가족은 아파트에 살았기 때문에 핼러윈 당일, 인근 전원주택 단지로 향했다.

행사는 정해진 시작 시간도 없었다. 대개 사탕을 나눠줄 어른들이 퇴근하는 저녁 무렵에 시작하는데, 불이 켜진 집은 사탕을 나눠줄 준비가 끝났다는 뜻이다. 아이들이 초인종을 누르거나 문을 두드리며 "트릭 오어 트릿!"를 외치면 집주인들은 반가운 미소와 함께 사탕과 과자를 건넸다. 처음에는 다른 아이들을 지켜보기만 하던 우리 아이들도 곧 용기를 내어 첫 번째 집의 문을 두드렸다. 그렇게 핼러윈이 시작되었다.

한 시간 남짓 동네 전체를 돌고 나니 아이들의 가방은 말 그대로 먹을거리 천지가 되었다. 초콜릿, 젤리, 사탕, 스낵 등이 잔뜩 담긴 가방은 금방이라도 터질 것만 같았다. 세 명이 함께 다녔으니 가방 하나로는 턱 없이 부족했다. 예비 가방까지 전부 사용했지만 그마저도 모자라 집에 들러 내용물을 한 번 비워야만 했다. 시간이 지날수록 아이들의 팔은 무거워졌지만 얼굴에는 내내 웃음이 가득했다.

그중에서도 잊지 못할 집이 있었다. 괴물로 분장한 부모가 손님을 맞이했고 아이들은 칼자국이 난 채 피를 흘리며 쇠창살 안에 갇혀 있었다. 음산한 음악까지 나오는 것이 마치 살인 현장을 방불케 했다. 그 집은 입구와 출구가 따로 있어 한 번 들어가면 반드시 안쪽을 지나야만 나올 수 있는 구조였다. 온 가족이 손을 꼭 잡고 들어가는데 중간중간 갑자기 튀어나오는 장치들 덕분에 아이들은 물론 우리까지 깜짝 놀랄 정도였다. 1분도 안 되는 짧은 거리였지만 우리 가족은 서로의 손을 꼭 붙잡고 이동했다. 지금도 종종 그때의 일을 이야기하고는 한다. 이제 핼러윈 하면 그 집을 가장 먼저 떠올리게 되었다. "트릭 오어 트릿!"를 외치며 받았던 사탕의 무게보다는 서로의 손에서 느껴지던 체온이 생생하게 남아 있다.

그날만큼은 낯설게만 느껴졌던 동네가 따뜻하게 다가왔다. 정성껏 꾸민 집, 처음 보는 아이들에게도 아낌없이 사탕을 건네는 이

웃들의 모습에서 환대를 느꼈다. 아이들에게도 이날은 단순히 분장을 하고 사탕을 받은 날이 아니었다. 공동체의 일원으로 이웃들과 함께 웃고 떠들며 자연스럽게 어우러진 하루가 아니었을까. 오직 그곳에 있었기에 경험할 수 있는 특별한 정서가 가득했던 하루로 오래도록 기억될 것이다.

폭설의 온기

캐나다에 첫눈이 내렸다. 아침부터 내리던 가벼운 눈발이 점차 굵어지더니 도로 위에 차곡차곡 쌓여 갔다. 창문 너머로 변해가는 거리를 바라보며 반가움이 밀려오면서도 마음이 묘하게 무거웠다. 눈은 낭만적이지만 동시에 불편과 위험을 동반한다는 것을 머리는 알고 있기 때문이다. 사실 눈이 내리는 순간부터 눈길 운전에 대한 긴장감도 차곡차곡 쌓여 가고 있었다.

하지만 아이들의 반응은 정반대였다. 창밖으로 흩날리는 눈송이를 보자마자 환호성을 지르더니 밖으로 나가 발자국 없는 눈 위를 신나게 뛰어다녔다. 장갑은 어느 틈에 벗었는지 맨손으로 눈을 뭉쳐 서로에게 던지며 깔깔거렸다. 아이들은 온몸으로 첫눈을 맞은 기쁨을 표출하고 있었다. 그 덕분인지 운전에 대한 불안도 사그라들었다. 그래서 나도 웃으며 아이들과 함께 눈덩이를 굴렸다. 손끝은 시렸지만 아이들의 웃음소리는 따뜻했다. 캐나다에서 맞이한 첫 눈싸움은 그렇게 시작되었다.

캐나다에서의 겨울은 11월부터 시작되었다. 10월부터 눈이 내려 4월까지 이어진다고 하는데 예년보다 첫눈이 늦은 편이었다. 다행이라는 생각과 동시에 조금은 아쉬운 마음이 들었다. 체감온도가 영하 40도까지 내려가는 추위나 휴교령을 내릴 정도의 폭설을 몸소 체험해 보고 싶었기 때문이다. 하지만 하늘에서 내린 눈을 느긋하게 즐길 새도 없이 간밤에 지나간 제설차 덕분에 도로에서는 첫눈의 흔적을 찾아볼 수 없었다. 생각보다 빨리 처리된 눈을 보면서 눈 덮인 겨울을 제대로 경험할 수 있을까 싶었다.

하지만 새해가 시작되자 진짜 겨울이 찾아왔다. 아이들 하교 시간이 되자 눈보라가 몰아치기 시작했다. 거센 눈보라는 재난 경보로 이어졌다. 재난 문자는 한국에만 있는 줄 알았는데 캐나다에서도 빈번하게 알람이 울렸다. 휘몰아치는 눈이 마치 여름철 장맛비 같았다. 순식간에 눈으로 뒤덮인 도로 위에는 제설 차량만이 돌아다닐 뿐이었다. 눈보라를 휴대폰으로 찍으며 이게 바로 캐나다의 겨울이지 싶었다. 하지만 도시는 하룻밤 사이에 제 모습을 되찾았다. 기대했던 눈의 왕국이 신기루처럼 사라졌다.

이웃에 사는 현지인에게 실망감을 토로하니 이상기후 때문에 예전만큼 눈이 내리지 않는다는 이야기를 해주었다. 알고 보니 캐나다 사람들 또한 겨울에 눈 내리기를 기다리고 있었다. 그 사실에 조금 놀라면서도 위안이 되었다.

아무튼 올해 겨울은 눈을 달가워하지 않는 사람들에게도 다소 아쉬운 모양이다. 어쩔 수 없는 아쉬움을 뒤로하고 눈이 허락하는 순간마다 즐거움을 찾았다. 동네 언덕에서 눈썰매를 타기도 했고 눈사람도 만들었다. 무엇보다 시청 광장에 설치된 무료 스케이트 장은 우리 가족의 겨울 일상이 되었다.

캐나다에서 겨울 스포츠를 즐기기 위해 한국에서 스케이트를 가르쳤다. 우리 가족이 사는 군산에는 스케이트장이 없어 매주 전주까지 가서 기본기를 다졌다. 육체적으로 힘들었지만 빙판 위에서 조금씩 앞으로 나아가는 아이들을 보니 헛된 노력이 아니구나 싶었다. 만일 캐나다에서의 단기 생활을 계획한다면 스케이트 정도는 배워가기를 권하고 싶다. 스케이트는 캐나다의 국민 스포츠나 다름없으니 겨울에 친구들과 자연스럽게 어울리고 싶다면 배워두는 편이 좋다고 생각한다.

다만 한국과 차이가 있다면 이곳은 스케이트 대여 서비스가 없다는 점이다. 하지만 중고 매장에 방문하면 한철 이용할 수 있는 스케이트를 합리적인 가격으로 구입할 수 있다. 우리 아이들은 중

고 매장에 들어서자마자 자신의 스케이트를 찾아 분주히 움직이더니 이내 가장 마음에 드는 것을 선택했다. 이 사소한 행동은 아이들의 겨울을 훨씬 즐겁게 만들었다. 가장 어린 막내도 자신의 발에 꼭 맞는 스케이트를 찾아 언니들과 함께 빙판을 누볐다.

사실 막내는 한국에서 스케이트를 배우지 못했다. 너무 어려서 발에 맞는 스케이트가 없었기 때문이다. 그때 배우지 못한 서러움 때문이었을까. 자기 몫의 스케이트가 생기자 그 누구보다도 기뻐했고 언니들처럼 스케이트를 타겠다며 열의를 불태웠다. 그 덕분인지 이틀 만에 혼자 빙판 위를 나아가는 데 성공했다.

빙판 위에서 시간을 보낼수록 아이들의 실력은 빠르게 늘어갔다. 첫째와 둘째는 금세 감을 되찾았고 막내는 작은 몸으로 중심을 잡으며 나아갔다. 스케이트장은 단순한 놀이터가 아니라 넘어지고 일어서며 다시 도전하는 아이들의 성장 무대였다.

겨울방학이 시작되자 우리의 일상은 더욱 단순해졌다. 매일같이, 많게는 하루 두 번 스케이트장을 찾기도 했다. 무료로 개방된 공간 덕분에 부담 없이 즐길 수 있었기 때문이다. 어느새 나와 아내도 장비를 장만해 아이들과 함께 빙판 위에 섰다. 처음에는 넘어질까 조마조마했지만 이내 아이들의 손을 잡고 함께 얼음 위를 누볐다. 아이들은 우리와 함께하는 시간을 즐거워했고 우리 또한 아이들과 함께 성장하는 기분을 느꼈다.

캐나다에서의 겨울은 기대했던 대로 우리 가족에게 특별함을 선사해 주었다. 폭설이나 혹한은 예상보다 심하지 않았다. 하지만 눈보라 속에서, 언덕 위 눈썰매에서, 시청 광장의 빙판 위에서 아이들과 함께 많은 추억을 쌓았다. 그 모든 순간은 어떤 추위도 녹여 줄 만큼 따스했다.

캐럴, 그리고 크리스마스

크리스마스 시즌이 가까워지자 동네 전체의 분위기가 들뜨기 시작했다. 교회 안팎에는 장식이 하나둘 늘어났고 예배당에는 전구와 트리가 들어섰다. 그리고 아이들이 참여하는 크리스마스 합창 공연 준비가 시작되었다. 교회에서는 아이들에게 캐럴을 가르쳤고 부모들은 아이들의 공연 연습을 돕기 위해 분주히 따라다녔다. 교회에 다니지 않아도 참여할 수 있다는 말에 우리 아이들도 선뜻 나섰다. 그렇게 두 곳의 합창단에 가입하여 크리스마스 캐럴을 배웠다.

첫 번째로 참여한 합창단은 규모가 컸다. 10주 동안 매주 일요일에 약 한 시간씩 연습하며 총 세 곡의 캐럴을 배웠다. 영어 발음이 낯설고 리듬도 빨라 힘들어하는 모습이 보였지만 집에서 유튜브를 보며 가사를 익혔다. 아이들이 연습한 곡은 「아이 빌리브 인 산타 클로스I Believe in Santa Claus」, 「더 맨 위드 더 백The Man With the Bag」, 「잇츠 더 모스트 원더풀 타임 오브 디 이어It's the Most Wonderful Time of the Year」였는데, 특히 마지막 곡은 크리스마스 분위기가 가장 잘 느껴졌는지 아이들이 자주 흥얼거리곤 했다.

이 합창단의 공연은 크리스마스 당일이 아니라 그보다 몇 주 앞서 열렸다. 오전과 오후 두 차례로 나누어 진행되었는데, 준비한 무대를 단 한 번만 선보이는 것이 아니라 여러 번 공연할 수 있다는 점에서 아이들도 만족스러워했다. 합창단에는 드레스 코드도 있었다. 오전 공연에는 크리스마스 분위기를 낼 수 있는 자유 복장이었고, 오후에는 합창단 의상을 블랙 컬러로 통일시켰다. 의상을 차려입은 아이들의 모습은 여느 때보다 진지했다. 긴장된 표정 속에는 노력의 결실을 선보이고자 하는 의지가 엿보였다. 연주가 시작되고 아이들은 연습한 대로 열심히 노래를 불렀다. 공연은 성공적으로 마무리되었다. 특히 무대가 끝난 후 스크린에 그동안의 연습 장면과 합창단원의 이름이 차례대로 나오는 순간은 그 자리에 있던 모든 아이들이 스스로를 그 무대의 주인공이라 여길 수 있었다고 생각한다. 우리 아이들도 합창단의 일원이 되었다는 사실에 큰 자부심을 느꼈다고 이야기했다.

두 번째로 참여한 합창단은 첫 번째보다는 규모가 훨씬 작았

다. 주로 평일 방과 후에 연습이 이루어졌는데, 합창 연습만 하는 게 아니라 함께 게임을 하며 놀기도 했다. 이 웃고 떠드는 시간 덕분에 아이들은 또래 친구들과 자연스럽게 어울리며 새로운 인연을 만들 수 있었다. 이번 합창곡은 「세이비어스 데이Savior's Day」라는 곡이었다. 첫 번째 합창단에서 연습하는 곡들은 박자가 빠르고 발음도 까다로워 아이들이 따라 부르기 어려워했는데 이번 곡은 가사가 단순하고 멜로디가 부드러워 부담 없이 따라 부를 수 있었다.

교회뿐 아니라 학교 합창 공연에도 참여하다 보니 크리스마스가 다가올수록 꽤나 바쁜 시간을 보내야 했다. 그렇게 아이들의 크리스마스는 그야말로 캐럴과 함께한 기억으로 가득한 하루가 되었다.

처음에는 단순히 아이들에게 색다른 경험이 되면 좋겠다는 생각으로 시작한 일이었다. 거기에 노래 연습을 통해 영어를 자연스럽게 익힐 수 있다면 금상첨화였다. 결과적으로 그 선택은 옳았다고 생각한다. 아이들은 반복 연습을 통해 가사를 외우고 그 의미를 자연스럽게 받아들였다.

크리스마스가 가까워지자 시내 곳곳에서도 캐럴이 울려 퍼졌다. 그러다 아이들이 연습했던 노래가 흘러나오면 가족 모두가 함께 따라 불렀다. 처음에는 낯설었던 영어 가사가 어느새 자연스럽게 입에서 흘러나오고 있었다.

아이들은 이곳 아이들과 같은 무대에서 같은 언어로 노래를 부르며 크리스마스를 보냈다. 돌이켜보면 이 합창단 활동은 무대에서 받은 박수갈채가 아니라 거리에서 흘러나오는 영어 노래를 자신 있게 부를 수 있게 되었다는 사실이 가장 큰 성과일지도 모르겠다.

이스터 에그 줍는 날

예수 그리스도가 죽은 지 사흘 만에 부활한 날을 기념하는 부활절은 교회의 매우 중요한 날 중 하나다. 하지만 나에게는 그저 평범한 일요일에 불과했다. 종교를 믿는 것도 아니었기에 특별한 감정이 일지도 않았다. 그런데 캐나다에 와 보니 부활절은 아이들에게 제2의 크리스마스였다. 이스터 에그Easter Egg 때문이다.

이스터 에그의 기원에는 여러 가지 설이 있다. 그중 독일에서 유래된 부활절 토끼가 가장 유명하다. 이 토끼가 아이들에게 달걀을 전해 주었다는 전설 덕분인지 부활절이 가까워지면 토끼와 달걀이 어디서나 눈에 띄고 관련 상품과 장식도 넘쳐난다. 물론 아직 어린 아이들에게 이스터 에그의 기원 같은 것은 중요하지 않은 듯하다. 아이들에게 이스터 에그란 보물찾기, 숨은 초콜릿 찾기와 같은 신나는 놀이 그 자체였다.

우리는 이스터 에그 행사에 세 번 참여했다. 첫 번째는 마트에서 물건을 살 때였다. 매장 곳곳에 달걀 모양의 케이스가 놓여 있었다. 처음에는 그게 무엇인지, 어떤 용도로 쓰이는지 전혀 몰랐다. 물건을 고르고 계산대에 줄을 섰는데 우리 앞에 서 있던 가족이 그 달걀 모양의 케이스를 열어 안에 든 것만 챙기고 빈 케이스는 따로 마련된 수거함에 넣는 모습을 보았다. 점원에게 달걀 케이스에 대해 물어보니 이스터 에그 행사 중이라는 대답이 돌아왔다.

점원과 나누는 이야기를 옆에서 듣고 있던 아이들이 자신들도 매장에서 케이스를 봤다며 다시 들어가 달걀을 찾기 시작했다. 이것이 우리가 처음으로 경험한 부활절 행사였다.

두 번째는 교회에서 개최한 행사였는데, 그 규모가 상당했다. 부활절 주간이 되자 친구가 교회에서 하는 이스터 에그 행사에 아이들을 초대했다. 이미 이스터 에그 찾기 놀이를 경험했던 아이들은 들뜬 마음으로 초대에 응했다. 그러나 이 행사는 마트에서 했던 것과 같은 단순한 보물찾기가 아니었다. 아이들을 위해 에어바운스가 설치되어 있었고 솜사탕과 팝콘은 물론 어른들의 추위를 녹여줄 따뜻한 커피도 준비되어 있었다. 우리가 먹거리와 커피를 즐기는 동안 자원봉사자들은 행사 시간에 맞춰 계란을 숨기기 시작했다. 사실 숨긴다기보다는 여기저기에 던져놓는 수준에 가까웠다. 그래서인지 아이들이 돌 틈이나 나뭇잎 사이를 뒤지는 것이 아니라 흡사 토끼가 떨어뜨린 달걀을 줍는 느낌이 들었다.

이 행사의 핵심은 달걀 속에 들어 있는 골든 티켓이었다. 이 티켓이 있어야 상품을 받을 수 있었다. 하지만 아이들에게 당첨은 중요하지 않아 보였다. 그저 골든 티켓이 나올지도 모른다는 기대감으로 한껏 부풀어 있는 듯했다. 그 기대는 시작을 알리는 신호가 울리자마자 모든 아이들을 행사장 안으로 달려가게 만들었다. 그리고 순식간에 운동장의 모든 달걀이 털렸다. 아이들은 앉은 자리에서 달걀을 열어 티켓을 찾았다. 아쉽게 티켓을 얻지 못했다 하더라도 실망하는 아이들은 없었다. 달걀을 줍는 그 과정 자체로 이미 충분히 즐거웠기 때문이다. 행사가 끝나고 참가한 모든 아이들에게는 간단한 간식도 제공되었다. 아이들은 간식을 손에 쥔 채 다시 신나게 에어바운스로 달려갔다.

세 번째는 학교였다. ESL 수업을 담당하는 선생님이 한국 학생들만을 위한 작은 행사를 마련해 주셨다. 부모님들에게는 행사 날에 초콜릿을 준비해 오라는 공지가 전달되었다. 행사 당일, 부모들은 운동장 곳곳에 초콜릿을 숨겼고 아이들은 어른들의 동선을 유심히 살피며 위치를 추측했다. 그렇게 한국인 아이들만의 이스터 에그 찾기 행사가 시작되었다. 우리 아이들은 순식간에 끝났던 교회 행사의 아쉬움을 달래기라도 하듯 넓은 운동장을 누비며 신나게 초콜릿을 찾았다. 지친 기색 하나 없이 계속 뛰어다니던 아이들은 개인 바구니에 초콜릿을 가득 담았다. 화창한 날씨에 신나게 언니, 오빠, 동생들과 함께 달리며 웃고 떠드는 그 순간은 평범했지만 또 다른 추억으로 우리 가족의 기억 속에 자리 잡았다.

캐나다에는 또래끼리의 놀이를 통해 느낄 수 있는 단순한 기쁨에 집중하는 문화가 있는 듯했다. 나이나 실력에 상관없이 초콜릿을 함께 찾아 나누고 웃으며 함께 뛰어노는 광경은 이곳에서는 흔하지만 어쩐지 한국에서는 본 기억이 잘 나지 않았다. 어쩌면 우리 가족은 캐나다에 와서 이런 소소함을 함께 즐길 줄 아는 태도를 배우게 되었는지도 모른다.

한국 가기 싫어

첫째의 반에는 첫째를 포함해 한국인 여자아이가 네 명 있었다. 그중 한 명은 2년 전에, 또 한 명은 1년 전에 캐나다에 왔고 첫째를 포함한 나머지 두 명은 이제 막 도착한 아이들이었다. 사실 캐나다에 오기 전에는 한국 아이들이 없는 학교를 원했다. 아이들에게는 조금 가혹할지는 몰라도 최대한 영어에 노출되는 환경이 좋다고 믿었기 때문이다. 그런데 막상 살아보니 적당한 수의 한국인 친구는 절대적으로 필요했다. 모국어로 대화할 수 있다는 안정감은 타지에서 외로움을 느낄 때마다 매우 강력한 정서적 버팀목이 되어 주었다. 네 명의 아이들이 매일 붙어다닌 것은 아니지만 힘든 순간마다 서로에게 의지하며 좋은 관계를 이어갔다. 플레이 데이트나 파자마 파티와 같은 학생들만의 문화도 자연스럽게 경험했다. 아이들은 친해지자 서로 가슴속에 담아두었던 고민도 털어놓기도 했다. 그러던 어느 날, 한 아이가 한국으로 돌아가고 싶다고 했다. 그 말을 들은 첫째가 조용히 말했다.

"나는 한국 가기 싫어."

첫째의 마음을 이해 못 하는 것은 아니다. 한국인 친구들뿐 아니라 외국인 친구들도 많이 사귀었으니 그들과 헤어지는 일이 좋을 리 없다. 캐나다에 올 때도 친구들과 1년이나 떨어져야 한다며 슬퍼했던 아이다. 그런데 캐나다에서 사귄 친구들과 또다시 헤어져야 한다고 하니 좋을 리 없었을 것이다. 이별은 이 나이 또래 아이들이 가장 힘들어하는 감정이었다. 첫째의 심정은 충분히 이해가 갔지만 우리는 돌아가야 하는 사람들이었다. 나는 첫째가 이해할 수 있도록 차분하게 설명하였고 아이 또한 수긍한 모양새였다.

그랬기에 한국으로 돌아가고 싶지 않다는 첫째의 말은 예상 밖이었다. 우리 가족은 한국이 아닌 나라에서 1년을 살아보고자 했기에 정확하게 그 시간만큼만 준비했다. 무엇보다도 경제적으로 여유로운 상황이 아니었기에 1년 후에 한국으로 돌아가겠다는 의지가 확고한 상태였다. 하지만 이는 어른의 사정일 뿐, 아이들과는 상관없는 일이다. 해맑고 즐겁게 생활하고 있는 아이들에게 기간은 아무 의미가 없다. 그저 이제 막 친해진 친구들과 헤어져야 한다는 사실을 받아들이고 싶지 않았을 뿐이다.

단기든 장기든 해외에 사는 아이들은 대체로 한국으로 돌아가고 싶은 아이와 돌아가고 싶지 않은 아이, 이렇게 두 분류로 나뉜다. 물론 성향에 따라 다르지만 대부분은 돌아가고 싶어 하지 않는다. 한국의 학교는 친구와의 우정보다는 경쟁을, 몸을 움직이기보다는 책상에 오래 앉아 있는 생활을 강요하기 때문이 아닐까. 어른들은 아이들에게 대학 진학의 중요성과 미래를 강조하지만 아직 아이들에게는 크게 와닿지 않는다. 그래서 조금 더 자유로우면서도 여유로운 캐나다의 교육 환경에 매료되어 떠나기 싫어하는 것일지도 모른다는 생각이 들기도 했다.

캐나다에서는 경쟁이 필요 없다. 물론 공부를 열심히 하는 아이도 있지만 대부분은 학원을 다니며 지치도록 공부하지 않는다. 친구와의 경쟁보다는 운동장에서 더 많은 시간을 보낸다. 그리고 자신의 의견을 숨기기보다는 당당히 말하며 자신감과 책임감을 키워간다. 그런 환경에 익숙해졌다면 한국의 학교에서 맞닥뜨릴 경쟁과 압박은 버겁게 느껴질 수밖에 없다. 첫째가 한국에 가기 싫다고 말하는 것은 어찌 보면 자연스러운 흐름이었는지도 모른다.

단지 우리 가족에게 1년 이상의 체류는 현실적으로 어려운 선택이었을 뿐이다. 경제적 여유가 있었다면 아이가 원하는 것을 들어줄 수 있었을지 모른다. 해외에서 1년을 살아보니 가족의 가치관과는 별개로 영어에 대한 아쉬움이 남는 것도 사실이다. 한국에서 별다른 준비 없이 온 아이들에게 1년은 곧바로 영어가 유창해지는 시간이 아니었다. 영어를 겨우 알아듣고 꺼낼 수 있는 발화의 시작 단계였다. 겨우 친구의 말을 이해하고 짧게나마 자기 생각을 전하며 관계를 맺기 시작했는데 돌아갈 준비를 해야 했다. 그래서 많은 이들이 1년은 너무 짧고, 최소 2년은 있어야 한다고 말하는지도 모른다.

하지만 그때는 그 조언이 아이의 마음보다는 결과만을 바라보는 말처럼 들렸다. 영어가 조금 더 늘어나는 시간보다 가족이 함께 보내는 시간이 나에게는 더 중요했다. 아이들의 선택을 존중해 더 머무는 선택을 했다면 어땠을까. 나는 한국으로 돌아올 수밖에 없으니 우리 가족은 떨어져 지내야 했을 것이다. 하지만 그것은 처음부터 내가 선택하고 싶지 않았던 삶의 방식이었다.

유 캔 민주 프렌드

나는 아이들이 캐나다의 학교생활에 만족하는 줄 알았다. 학교에 가기 싫다고 한 적이 한 번도 없었으니 말이다. 하지만 어느 날, 막내가 유치원에 가기 싫다고 했다. 친구가 없어 심심하고 재미가 없다는 것이었다.

하지만 그건 사실과 달랐다. 첫째와 둘째의 말에 따르면, 막내는 리세스 시간에 친구들과 놀이터에서 논다고 했다. 뿐만 아니라 교실 안에서도 함께 지내는 친구가 분명히 있었다. 그럼에도 막내는 외로움을 느꼈다. 향수병이 온 모양이었다. 의사 표현이 자유롭지 못하니 마음껏 이야기할 수 있는 친구가 갖고 싶은 듯했다.

한국 유치원에서는 늘 붙어 다니던 단짝 친구들이 있었다. 그래서 아침마다 그 친구들과 놀 생각에 들뜬 마음으로 등원하던 아이였다. 하지만 캐나다에는 그런 친구가 없었다. 친구들과 놀 때도 주도적으로 움직이던 아이였는데, 말이 통하지 않으니 수동적으로 변했다. 환경도 익숙하지 않고 마음을 나눌 친구마저 없으니 유치원이 재미있을 리 없다. 그 마음을 잘 알지만 아빠로서 아이가 적응할 때까지 기다리며 위로해 줄 수밖에 없다는 사실이 안타까울 따름이었다. 유치원에 가기 싫다고 떼쓰는 동생과 어떻게든 보내려는 나를 지켜보던 둘째가 자기가 다른 아이들에게 막내의 친구가 되어달라고 대신 이야기해 주겠다고 했다.

순간 둘째의 천진함이 귀여워 웃음이 나왔다. 자기도 아직 영어가 서툴면서 무슨 말을 어떻게 해 주겠다는 걸까. 당황스럽기도 했지만 한편으로는 기특했다. 둘째는 학교에서 사귄 외국인 친구들과 함께 보내는 시간이 늘어나면서 영어에 대한 자신감이 눈에 띄게 향상되었다. 그런 자신감이 동생을 도와주겠다는 마음으로 이어진 것이다. 그럼 어떻게 말하려고 했을까? 궁금해진 나는 둘째에게 무어라 말해 줄거냐고 물었더니 이렇게 대답했다.

"유 캔 민주 프렌드."

틀렸다. 문법적으로는 완벽하게 틀렸지만 의도만큼은 분명했다. 그 말을 듣는 순간, 웃음보다 놀라움이 먼저였다. ABC도 몰랐던 아이가 이제는 영어로 마음을 전하고 있으니 말이다. 서머 캠프와 학교생활을 합쳐 석 달도 되지 않은 시간이었지만 아이는 단어가 아니라 소통을 배우고 있었다. 문법이 틀렸으면 어떠랴. 둘째의 말에는 배려, 용기, 그리고 동생을 향한 따뜻함이 가득 차 있었다.

나는 매일 교실을 들여다볼 수도 없고 교우 관계나 수업에 대한 이해도를 가늠할 길도 없다. 그래서 아이들이 학교에 잘 적응하고 있는지 알 수 없었다. 그저 알아서 잘하겠거니 생각하며 응원하는 것이 전부였다. 그래서 걱정스러웠던 것도 사실이다. 하지만 둘째의 말은 마치 내게 걱정하지 말라고 말해주는 듯했다. 아이들은

내가 모르는 사이에 조용히, 그리고 분명하게 성장하고 있었다. 단어를 외워 이야기하는 법이 아닌 자신의 마음을 어떻게든 표현하는 법을 익혀가는 중이었다. 그런 아이를 믿어 주는 일 말고 부모가 달리 무엇을 해줄 수 있을까.

언니의 응원에 힘을 얻은 막내는 다시 유치원으로 향한다. 아직 마음이 맞는 친구를 찾지 못한 듯 하지만 조심스럽게 한 걸음씩 적응해 가는 중이다. 그 곁에는 "유 캔 민주 프렌드."라고 엉뚱하지만 다정하게 말해 주는 언니가 있다. 아이들은 각자의 방식으로 각자의 자리에서 묵묵히 성장하고 있었다.

part. 4

부모로

산다는 것

오늘은 내가 주인공

1년 중 아이들이 가장 손꼽아 기다리는 날은 단연 생일이다. 한국에서는 아침에 미역국을 끓여 먹고 케이크에 촛불을 붙인 뒤 가족이 둘러앉아 생일 축하 노래를 부르는 것이 전부였다. 소박하지만 따뜻했던, 우리 가족만의 익숙한 방식이었다. 그런데 캐나다에서 맞는 생일은 조금 달랐다. 아침에 미역국을 먹는 것은 한국과 똑같았지만 캐나다에서는 친구들을 초대해 파티를 열며 하루를 더 특별하게 보냈다.

캐나다 또한 한국과 마찬가지로 친구들을 초대해 생일을 함께 보내는 것은 아주 자연스러운 일이었다. 친한 친구 몇 명만 초대하기도 하고 반 전체를 부르기도 하는데, 이는 아이의 성향에 따라 다른 듯했다. 캐나다 친구의 생일 파티에 초대를 받은 우리 아이들은 자기들 생일에도 친구들을 초대하고 싶어 했다. 그래서 아이들 각자가 원하는 방식대로 생일 파티를 준비했다.

파티는 친구의 부모에게 초대 이메일을 보내는 일부터 시작한다. ASAPAs Soon As Possible 문구와 함께 초대장을 발송하고 참석 여부를 확인한다. 이메일 주소를 모르면 문자나 메신저를 이용해서라도 연락을 주고받는다. 부모에게 자녀의 생일 파티란 친구 부모에게 연락해 인원을 파악하고 장소, 음식, 놀이 등을 계획해야 하는 일종의 작은 프로젝트였다.

세 아이 중 가장 먼저 생일을 맞은 둘째는 같은 반의 한국인 친구와 생일이 같았다. 이 친구와는 서머 캠프에서 처음 만났다. 우리 가족보다 반년 먼저 입국한 탓인지 생활이나 언어적인 면에서 어느 정도 안정된 모습이었다. 덕분에 캠프에서 많은 도움을 받았다. 같은 학교, 같은 반인 데다가 심지어 생일까지 같아 둘은 더욱 가까워졌다. 그래서 자연스럽게 생일 파티도 함께 열기로 했다.

준비는 그 친구의 어머니가 주도했다. 파티룸 예약부터 장식까지 도맡았고 우리 부부는 그저 따르기만 하면 됐다. 파티 장소는 짐네스틱 체육관이었다. 방과 후 수업을 하는 곳이라 우리 아이들에게도 익숙하고 반가운 공간이었다. 익숙한 장소에서 친한 친구들과 생일을 보낼 수 있다는 기대에 둘째는 하루빨리 생일이 되기를 손꼽아 기다렸다.

아침부터 잔뜩 들떠 있던 둘째는 체육관의 전광판에서 자신의 이름을 발견하고는 웃음을 감추지 못했다. 오늘의 생일자 명단에 자기 이름이 있다는 것만으로도 충분히 행복해 보였다. 순수하게 생일을 기뻐하는 아이와는 달리 어른들은 파티 준비로 분주했다. 플래카드를 걸고 고깔모자와 풍선, 스낵, 음료를 세팅하는 사이 친구들이 하나둘 도착했다. 친구 부모님들께 인사를 하고 픽업 시간을 안내하느라 정신이 없었다.

파티룸이 완성되자 둘째는 흥분을 감추지 못했다. 비록 친구와 함께하는 합동 생일 파티였지만, 친구들과 함께 하는 생일 파티는 처음이었으니 그럴 만도 했다. 이렇게 좋아하는 걸 그동안 왜 몰랐을까. 둘째의 좋아하는 모습을 보니 아이들은 언제 어디서나 한 번쯤은 주인공이 되고 싶어 한다는 사실을 새삼 느끼게 된다. 비록 합동 파티라 온전한 주인공이 될 수는 없었지만, 그날만큼은 내 눈에 둘째가 누구보다 가장 밝게 빛나는 주인공이었다.

첫째는 둘째와 달랐다. 생일 파티에 자주 초대받았던 첫째는 실내 파티룸이 아니라 야외 공간에서 자신만의 방식으로 보내고 싶어 했다. 이곳에서는 공원에서 생일 파티를 여는 것도 흔한 일이었다. 우리는 첫째가 원하는 장소를 알아보고 학부모들에게 초대장을 보냈다.

공원에도 파티를 위한 전용 공간이 있지만 예약이 이미 꽉 차 있는 상태였다. 그래서 예약하지 않아도 자유롭게 이용할 수 있는 곳을 찾아야 했다. 이때 가장 중요한 것은 자리 선점이다. 매 주말이 되면 공원에서는 생일 파티는 물론이고 가족 단위로 피크닉도 많이 하기 때문에 늘 테이블이 부족했다. 좋은 자리를 확보하려면 부지런히 움직여야 했다. 이른 아침에 도착해 공간을 확보하고 벤치와 나무를 이용해 장식한 뒤 테이블보를 깔고 다과를 준비하며 첫째를 위한 무대를 만들었다. 그 사이 첫째는 자신이 직접 짜놓은 프로그램을 점검했다.

준비를 하다 보니 어느덧 파티 시간이 다 되어 친구들이 하나둘 도착했다. 모든 아이들이 모이자 케이크에 촛불을 켜고 생일 축하 노래를 부르며 축하를 한 뒤 본격적인 놀이 프로그램을 시작했다. 첫째가 준비한 프로그램은 총 세 가지였다. 먼저 우정 팔찌를 만들어 그날만큼은 함께 만든 팔찌를 모두 손목에 착용하게 했다.

두 번째는 보물찾기였다. 선물이 적힌 쪽지를 공원 곳곳에 숨겨두고 아이들에게 찾도록 했다. 누군가는 금세 찾았고 또 다른 누군가는 좀처럼 쪽지를 발견하지 못해 초조해했다. 사실 모든 참석자에게 줄 선물을 준비했기에 문제는 없었지만 내색하면 재미가 반감될까 나서지는 않았다. 그리고 먼저 쪽지를 찾은 아이들이 다른 친구들을 위해 적극적으로 나서 준 덕분에 모두가 무사히 선물을 받을 수 있었다. 초반에 잠깐 느껴졌던 긴장과 초조함은 어느새 사라지고 분위기는 다시 활기를 띠었다.

마지막은 피냐타였다. 피냐타는 사탕과 과자를 가득 담은 종이 상자를 막대기로 쳐서 내용물이 쏟아지게 만드는 놀이로, 해외 생일 파티에서는 단골 프로그램이다. 고학년 아이들의 힘을 감안하여 안대를 씌웠는데, 그 덕분에 긴장감은 배가 되었다. 차례를 기다리는 아이들의 눈빛에는 기대와 설렘이 가득했고 스윙을 한 번할 때마다 터지는 환호성에 공원 전체가 들썩였다. 사탕이 쏟아지

는 순간의 함성은 생일 파티의 하이라이트였다. 아이들은 한마음으로 서로를 응원했고 그 한가운데서 첫째는 누구보다 환하게 웃고 있었다. 피냐타는 단연 최고의 프로그램이었다.

첫째에게 이번 생일은 처음부터 끝까지 스스로 기획하고 만든 날이었다. 자신이 원하는 것을 분명하게 말했고 친구들에게 보낼 초대장도 직접 만들었으며 프로그램도 계획했다. 미역국과 케이크 하나로 끝나는 날이 아니라 친구들과 함께 추억을 만들고 오랜 시간 기억에 남을 날로 만든 것이다.

캐나다와 한국의 생일 파티는 명확하게 차이점이 있었다. 가족보다는 친구가 중심이라는 점, 그리고 집이 아닌 파티룸이나 혹은 공원에서 생일 파티를 한다는 점이었다. 단순하게 태어난 날을 축하하는 것이 아니라 하나의 이벤트로 생각하는 듯했다. 이 때문인지 우리 아이들 또한 캐나다에서 맞이한 생일을 더욱 특별하게 느낀 듯했다. 특히 친구들이 건넨 진심 어린 생일 축하 메시지와 함께 뛰어놀며 만든 추억과 감정들이야말로 우리 아이들에게 가장 큰 선물이 아니었을까 생각한다.

플레이 데이트까지 8개월

아이와 함께 유학을 떠나는 부모라면 내 아이가 빠르게 현지에 적응하기를 바란다. 이를 위해 부모들은 방과 후 친구들과 어울려 시간을 보낼 수 있는 플레이 데이트에 신경을 쓴다. 친구들과의 소소한 놀이는 언어 습득의 지름길이자 가장 자연스러운 방법이기 때문이다.

하지만 생각처럼 쉬운 일은 아니다. 부모의 바람처럼 아이들이 바로 친구를 사귈 수 있는 것은 아니다. 교우 관계란 일정 수준의 공감대가 전제되어야 하고, 무엇보다 기본적인 언어 소통이 가능해야 한다. 친구를 사귀며 언어를 배우려 해도 어느 정도 의사 소통이 가능해야 한다니 아이러니하다. 활발한 성격이라면 큰 무리가 없겠지만 내성적인 아이들에게 외국인 친구를 사귀라고 다그친다면 오히려 역효과가 날 수 있다.

우리도 플레이 데이트에 대한 열정은 컸다. 하지만 그 열정이 결실을 맺기까지는 8개월이나 걸렸다. 하지만 그조차도 빠른 편이라고 느꼈다. 솔직히 말해서 귀국하기 전까지 경험하지 못할 수도 있겠다고 생각했다. 우리 아이들은 내성적인 편이라 마음 터놓고 이야기할 친구가 많지 않을 거라 짐작했었다. 하지만 그건 어디까지나 나의 편견이고 착각이었다. 부모로서 아이들을 누구보다 잘

안다고 자부했는데 완전히 잘못 알고 있었던 셈이었다.

특히 첫째가 그랬다. 그다지 사교적이지 않고 내성적이라고만 생각했는데, 캐나다에서는 놀라울 정도로 활발하고 적극적이었다. 현지인 친구도 쉽게 사귀었고 금세 절친한 사이가 되었다. 그 친구의 초대를 받아 방과 후 처음으로 친구의 집에 놀러 갔다. 바로 플레이 데이트를 한 것이다. 그 이후로는 친구들을 우리 집에 초대하기도 하면서 동생들도 플레이 데이트를 경험할 수 있었다.

처음으로 친구들을 우리 집에 초대한 날, 정작 친구를 부른 첫째보다 둘째와 막내가 더 설레어 했다. 베란다에서 수시로 도로를 내다보며 언니의 친구들이 오기만을 손꼽아 기다렸다. 약속 시간이 가까워지자 아이들은 안절부절못하며 몇 분 남았는지, 무슨 차를 타고 오는지 끊임없이 물었다. 오랜 기다림 끝에 마침내 친구들이 도착했다.

처음 집에 방문한 친구들을 위해 아내는 김밥과 후식을 준비했다. 특히 후식은 아이들과 함께 만들었다. 아이들은 아내의 지시에 따라 각자 역할을 맡아 질서 정연하게 움직이며 치즈케이크와 쿠키를 만들었다. 아직 어린 아이들이 누구 하나 자기 것만 만드는 일 없이 서로 배려하며 순서를 기다리는 모습은 인상 깊었다.

후식을 만든 뒤에는 게임을 했다. 먼저 주어진 단어를 그림으로 표현하는 게임이었는데 아이들의 그림 실력이 좋아서 기쁨, 분노, 슬픔 같은 감정 단어들까지 훌륭하게 표현해냈다. 준비했던 문제를 다 풀고 나서도 아이들은 스스로 새로운 단어를 제시하며 놀이를 이어가기도 했다. 이어서 〈우노〉, 〈스킵 보〉와 같은 캐나다에서 배운 보드게임도 하며 신나게 시간을 보냈다. 서로 국적은 달라도 한마음 한뜻으로 즐거운 시간을 공유했다.

그날 친구들과 어울리는 모습을 통해 나는 아이들의 학교생활을 유추할 수 있었다. 학교에서 친구도 사귀었고 이야기하는 데 큰 어려움이 없다는 첫째의 말이 떠올랐다. 물론 주도적으로 대화를 이끌어나가는 것은 아니었지만, 의사소통에 큰 문제는 없어 보였고 시종일관 웃음을 잃지 않았다. 그 모습을 보고 나니 세 아이는 각자의 방식으로 좋은 친구들을 사귀며 즐겁게 학교생활을 하고 있겠다는 확신이 들었다.

사실 우리는 캐나다에 온 뒤부터 줄곧 어서 친구를 사귀라거나 초대장을 보내 보라며 압박 아닌 압박을 해왔다. 한두 달이 지나도 별다른 움직임이 없자 우리 아이들이 잘 적응하지 못하는 것은 아닐까 걱정도 했다. 그런데 지금 생각해 보면 아직 준비가 되지 않은 아이들에게 그런 말은 결국 강요였다. 말도 잘 통하지 않는 상황에서 친구를 초대하라는 말이 얼마나 큰 부담이었을까. 아이들에게는 큰 스트레스였을 것이다.

하지만 시간이 흐르고 영어가 조금씩 트이기 시작하면서 학교

환경에도 익숙해졌다. 무엇보다 마음의 여유가 생기자 자연스럽게 친구를 부르고 함께 놀고 웃는 시간들이 찾아왔다. 결국 모든 문제의 해답은 시간이었다. 친구 관계도, 언어 습득도, 플레이 데이트도 시간이 해결해 주는 문제였다.

하지만 아이들이 친구들과 자연스럽게 어울릴 수 있게 된 이 무렵부터 우리는 캐나다를 떠날 준비를 해야 했다. 현지에 잘 적응하고 있는 아이들의 모습을 바라보고 있자니 1년 살이란 적응하면 떠날 때가 된다는 말이 떠올랐다. 이제야 귀가 뜨이고, 입이 트이고, 마음의 문이 트였는데 우리는 떠나야 한다. 이 점이 무척 아쉽지만 어쩔 수 없이 돌아가야 할 시간이 다가오고 있었다.

파자마 파티를 하고 싶어요

파자마 파티는 아이의 교우 관계를 가늠할 수 있는 지표다. 플레이 데이트가 방과 후나 주말에 잠깐 모여 노는 것이라면 파자마 파티는 친구의 집에서 함께 밤을 보내는 특별한 경험이다. 낮 동안의 짧은 만남을 넘어 밤을 지나 다음날 아침까지 시간을 공유하며 서로의 생활을 조금 더 가까이 들여다볼 수 있다. 그래서 파자마 파티에는 단순한 놀이를 넘어 '진짜 친구'라는 의미가 담겨 있다.

다만 파자마 파티는 아이들이 원한다고 다 할 수 있는 일은 아니다. 부모의 허락과 신뢰가 반드시 필요하다. 집이라는 가족들의 공간에서 함께 밥을 먹고 잠자리를 내어주는 일은 상대를 가족처럼 받아들여야 가능하다. 만일 아이가 파자마 파티에 자주 초대받는다면 이는 단순한 교우 관계를 넘어 깊은 신뢰와 친밀감이 생겼다는 의미다. 부모의 눈에는 그것이 곧 교우 관계의 깊이를 보여주는 척도로 보인다.

캐나다에 가기 전에는 이 모든 일을 쉽게 생각했다. 막연하게 캐나다 사람들은 친절하니 언어가 통하지 않아도 친구가 될 수 있을 거라고 생각했다. 하지만 현실은 달랐다. 아무리 친절해도 말이 통하지 않으면 거리감은 생기기 마련이다. 그리고 서로 다른 문화 속에서 자란 아이들이 하룻밤을 함께 보내는 일은 생각보다 어려웠다. 그래서 나는 우리 아이들이 캐나다에 머무는 내내 파자마 파티는 아예 시도조차 못 할 거라고 생각했다.

하지만 불가능할 것만 같던 기회가 예상치 못한 순간에 찾아왔다. 친구들과의 플레이 데이트가 자연스러워지던 어느 날, 의사소통에 자신감을 가지기 시작한 첫째가 친구들과 더 많은 시간을 보내고 싶다며 파자마 파티를 하고 싶다고 말했다. 놀라기는 했지만 그렇다고 아이의 의지를 무시할 수는 없었다. 첫째는 친구들을 초대했고, 나는 그 친구들의 부모에게 이메일로 파자마 파티에 대한 동의를 구했다. 그렇게 외국 친구들과 함께하는 첫 파자마 파티를 경험하게 됐다.

사실 우리도 파자마 파티가 처음이었다. 그래서 무엇을 먹여야 할지, 어떤 놀이를 해야 할지, 밤에는 무얼 하면 좋을지 도무지 감이 잡히지 않았다. 그런데 이런 걱정을 읽기라도 한 듯 첫째는 오히려 침착했다.

"걱정 마. 이미 계획 다 세웠어."

아이의 손에는 투두 리스트가 있었다. 영화 보기, 팝콘 먹기, 김밥 만들기, 팔찌 만들기, 놀이터 가기까지 리스트에 적힌 항목들은 단순한 놀이가 아니었다. 파티의 주인으로서 친구들을 환영하고 함께 시간을 보내기 위한 아이의 섬세한 준비였다.

파자마 파티는 금요일에 했다. 하교 시간에 맞춰 학교에서 친구들을 픽업해 집으로 데려왔다. 그날 초대한 손님은 두 명인데, 이 중 한 친구도 파자마 파티가 처음이라며 약간 긴장한 기색이었다. 플레이 데이트로 우리 집에 몇 번 온 적이 있으니 익숙한 공간이었겠지만 놀다가 집에 가는 상황과 이곳에서 하룻밤을 자는 상황은 엄연히 느낌이 달랐다. 잠자리를 확인한 후, 가방에서 잠옷과 슬리퍼를 꺼내고 베개를 침대 위에 올려놓자 그제야 조금은 안심이 된 듯했다. 외국 아이들에게 파자마 파티는 당연한 문화인 줄 알았는데 꼭 그렇지만도 않은 듯했다.

짐을 푼 아이들은 놀이터로 향했다. 캐나다에서는 아이들이 모이면 자연스럽게 놀이터로 향한다. 그래서 이곳에서는 놀이터 투어도 하나의 즐거움이다. 놀이기구들이 정형화되어 있지 않아서 각각의 느낌이 다 다르기 때문이다. 아이들은 그네를 타거나 미끄럼틀을 타기도 하고, 철봉에도 매달리며 즐거워했다.

집으로 돌아와 저녁을 먹고 영화 『주토피아』를 감상했다. 영화를 본 다음에는 거실에서 다양한 놀이를 하며 하루를 보냈다. 이렇게 첫째가 준비한 투두 리스트는 하나씩 착실하게 지워져 갔다. 정신없이 놀다 보니 어느새 시계는 밤 열 시가 넘어가고 있었다. 아이들에게 잠잘 시간이라고 타이르며 잠자리에 들게 했다. 그렇게 모든 게 평온하게 마무리되나 싶었지만, 예상치 못한 변수가 하나 남아 있었다.

초대한 친구 중 한 명은 무척 활달한 성격이었다. 안 그래도 익숙하지 않은 환경이라 다들 쉽게 잠이 오지 않았을 텐데 잠들려는 친구들에게 끊임없이 말을 걸었던 모양이었다. 심지어 새벽 세 시에는 그 아이가 가져온 태블릿 PC의 알람이 울려 모두의 잠을 깨우고 말았다. 그 때문인지 다음 날 아침, 아이들은 하나같이 피곤한 기색이었다.

그런데도 놀이터에 가자는 말 한마디에 아이들의 피로는 눈

녹듯 사라졌다. 간단히 아침 식사를 마치고 나서 전날과는 다른 놀이터로 향했다. 놀다 보니 시간은 금세 흘러 점심이 되었고, 부모들과 약속한 시간에 맞춰 아이들은 집으로 돌아갔다. 그렇게 첫 번째 파자마 파티는 무사히 마무리되었다.

첫째의 파자마 파티는 여러모로 큰 의미가 있었다. 이 모든 일은 파자마 파티를 하고 싶다는 말 한마디로 시작되었다. 첫째는 본인의 의사를 분명히 표현하고 그것을 실현하기 위해 준비하고 움직였다. 첫째는 더 이상 어리기만 한 아이가 아니었다. 책임감 있고 주도적인 아이로 확실하게 성장하고 있었다.

이제 곧 캐나다에서 사귄 친구들과는 이별해야 하겠지만 그 이별이 끝이 아닌 새로운 시작이 되기를 바란다. 외국 친구들과의 교류, 영어로의 소통, 문화적 적응. 이 모든 경험이 언젠가 아이의 삶에 귀중한 자산이 되길 바란다. 그리고 그 소중한 출발점이 바로 첫 파자마 파티였다는 사실을 오래도록 기억했으면 좋겠다.

파이 한 조각의 인연

학교에서는 이방인들이 캐나다 사회에 수월하게 적응할 수 있도록 다양한 프로그램을 운영하는데, 그중 하나가 바로 멘토-멘티 프로그램이다. 이 프로그램은 학생과 학생뿐 아니라 가족과 가족을 연결시켜 준다. 그래서 새롭게 들어온 이방인 가족 구성원 전체가 지역사회에 자연스럽게 스며들 수 있도록 돕는다.

우리의 멘토는 제이크와 조앤 부부였다. 중학생과 6학년에 재학 중인 자녀를 둔 이 부부와는 오리엔테이션을 통해 처음 인연을 맺었다. 오리엔테이션 전날, 조앤이 가족사진과 함께 환영한다는 이메일을 보냈고 우리 가족 또한 이에 화답하며 그들과의 만남을 기다렸다.

아무래도 외국인 가족과 처음 대면하는 자리였기에 이른 아침부터 설레는 마음으로 준비했다. 새로 만날 사람들과 나눌 파이를 준비해서 행사장에 도착했는데 다른 가족들의 모습이 보이지 않았다. 혹시나 위치를 잘못 알았나 싶어 한 교직원에게 장소를 물었다. 그는 행사 장소뿐만 아니라 오늘 일정 전반에 대해서 친절하게 설명해 주었다. 그의 유쾌하고 다정한 태도에 참 친절한 교직원이라고 생각했는데, 나중에 알고 보니 그가 교장 선생님이었다. 반바지와 샌들 차림으로 학부모를 맞이하는 모습은 권위적이고 격식 있는 모습만 보아왔던 한국의 교장 선생님과는 이미지가 너무 달랐다. 그래서 더 인간적으로 다가왔다.

행사 시간이 가까워지자 하나둘 사람들이 모이기 시작했다. 이메일에서 보았던 우리 멘토 가족의 모습은 아직 보이지 않았지만 기다림은 전혀 지루하지 않았다. 우리처럼 새롭게 이주한 한국인 가족들이 있어 자연스럽게 인사를 나누고 어울릴 수 있었기 때문이다. 그리고 마침내 익숙한 얼굴들이 행사장에 들어섰다. 제이크와 조앤은 처음 만나는 우리에게 스스럼없이 다가와 인사를 건넸다.

"하우 아 유?"

그 한마디로 시작된 대화는 학교생활 전반에서부터 캐나다 사회, 문화, 그리고 정착을 위한 현실적인 조언까지 폭넓게 이어졌다. 제이크과 조앤 부부는 멘토 경험이 처음이 아니었다. 몇 년 전부터 이 프로그램에 자발적으로 참여하고 있어 멘토 경험이 무척 풍부했다. 그래서 우리가 무엇이 궁금한지, 어떤 점이 막막한지 이미 알고 있었다. 그들이 전해준 현실적인 조언은 캐나다에서 사는 내내 매우 큰 힘이 되었다. 실제로 잭과 만난 며칠 후, 자동차에 타이어 공기압 알람 표시등이 들어온 적이 있다. 그때, 잭에게 도움을 요청하니 정비소를 추천해 주어 바로 수리할 수 있었다. 이런 현실적인 조언을 해줄 수 있는 현지인을 알게 된 것은 캐나다에서 머무는 내내 큰 힘이 아닐 수 없었다.

행사가 마무리될 무렵, 우리는 준비해 간 파이를 그들에게 건넸다. 원래는 함께 나눠 먹으려 했지만 장소가 마땅치 않아 하는 수 없이 선물로 전달했다. 조앤은 파이를 건네받고는 남편과 잠시

작게 이야기를 주고받더니 우리에게 뜻밖의 제안을 했다.

"오늘 우리 집에서 함께 점심을 먹는 건 어때요?"

전혀 예상하지 못한 초대였다. 멘토-멘티가 첫날에 모여 함께 식사했다는 이야기를 들은 적도 없다. 학교에 모여서 가족끼리 인사를 하는 것이 전부라고 알고 있었기에 그의 제안이 처음에는 의아했다. 하지만 캐나다 현지인은 어떤 집에서 무엇을 먹으며 살아가는지 궁금했다. 무엇보다 그들의 제안을 거절할 이유가 전혀 없었기에 우리는 흔쾌히 그들의 집으로 향했다.

캐나다에서 1년을 살아가는 동안 현지인 가족과 함께 식사를 할 기회가 있으면 좋겠다고 생각했었다. 한국에서는 대부분 옆집에 누가 사는지도 크게 관심을 두지 않으니 캐나다 또한 비슷하리라 짐작했다. 그래서 기대하지 않았는데 예상하지 못한 곳에서 소원이 이루어졌다. 그리고 너무나 바랐던 일이니만큼 초대가 더욱 반가웠다.

집에 도착하자 제이크와 조앤은 바쁘게 움직이며 점심을 준비했다. 그 모습을 보니 아마도 오늘의 점심은 사전에 계획된 초대가 아니라 우리가 건넨 파이 하나 때문에 이루어진 즉흥적이면서도 마음에서 우러나온 제안인 듯 싶었다. 그들에게 살짝 미안한 마음도 들었지만, 그래서 더욱 진심이 느껴졌다. 냉장고에서 재료를 꺼내는 동선, 음식을 만드는 손길, 아이가 접시를 나르고 식탁을 세

팅하는 모습까지 모든 게 자연스러웠다. 그 안에서 우리는 손님이 아닌 그들의 일상으로 초대받았다는 느낌을 받았다.

점심 메뉴는 샌드위치였다. 재료는 익숙했지만 먹는 방식은 아니었다. 샌드위치를 만들어서 내놓는 것이 아니라 재료를 가지고 본인의 취향에 따라 만들어 먹으면 되었기 때문이다. 다양한 종류의 빵과 치즈, 햄, 잼, 채소 등이 식탁 위에 놓여 있었다. 가장 큰 충격은 햄이었다. 나는 이제껏 햄은 무조건 구워 먹어야 한다고 생각하고 있었다. 하지만 이 집에서 생햄을 넣은 샌드위치를 맛보고 그러한 생각은 완전히 바뀌었다. 그리고 바로 이런 점들이 흥미로웠다. 이것이야말로 현지인들의 식사였기 때문이다.

식사를 마친 후에는 우리가 선물한 파이에 커피와 녹차를 곁들여 디저트를 즐겼다. 자연스럽게 대화는 음식 이야기로 이어졌다. 식재료 구매 팁부터 일상에서 겪는 다양한 상황까지 캐나다 생활에 대한 세세한 조언이 끊임없이 이어졌다. 그들도 모든 정보를 알고 있지는 않았지만, 모르더라도 최대한 알려주기 위해 함께 찾아주려는 성의가 참 고마웠다.

멘토 가족과의 식사는 낯선 땅에서 낯선 사람들과 함께한 자리였지만 전혀 낯설지 않았다. 멘토-멘티라는 형식적 관계를 넘어 잭과 조앤은 이곳에서 처음 만난 이웃이었다. 그래서 누군가에게는 평범한 일상에 불과했을 점심 한 끼도 그날의 우리 가족에게는 너무도 특별한 순간으로 다가왔다. 그 자리에서 우리는 따뜻한 사람 냄새를 느꼈다. 그 사람 냄새를 나는 아직도 잊지 못하고 있다.

하이보다는 안녕하세요

캐나다에서 생활하는 동안 나는 현지인들과 "하이."나 "하우 아 유?"로 시작되는 스몰토크를 나누며 조금씩 관계가 쌓았다. 마음이 잘 맞는 사람과는 따로 만나 시간을 보내기도 했다. 하지만 그런 만남 뒤에는 언제나 설명하기 힘든 아쉬움이 남았다. 하고 싶은 말을 분명히 전했다고 생각하면서도 내 속마음을 온전히 나누지는 못한 것 같다는 허전함이 늘 남아 있었다. 가끔은 내가 의도한 바와 다르게 전달되거나, 아예 전혀 다른 의미로 받아들였다는 사실을 깨달을 때도 있었다. 그럴 때면 답답한 기분을 떨쳐내기 어려웠다. 영어로 소통하며 관계를 쌓아가는 과정은 분명 필요하고 값진 일이었지만, 마냥 즐겁기만 하지는 않았다.

반면 한국인과의 대화는 언제나 편안했다. "하이." 대신 "안녕하세요."라는 인사만으로 긴장이 풀리고 마음이 놓였다. 같은 의미지만 모국어의 울림은 확실히 달랐다. 짧은 인사에도 기분이 좋아졌고 가벼운 농담이나 일상의 하소연만으로도 마음속 답답함이 금세 사라졌다. 그제서야 모국어는 이국 생활에 필연적으로 따라오는 향수병을 달래주는 치료제였다는 것을 실감했다. 낯선 환경 속에서 익숙한 언어를 듣고 말하는 것만으로도 큰 위안이 되었다. 막상 해외에 나와 살아보니 한국인이 그렇게 반가울 수가 없었다. 낯선 땅에서 같은 언어, 같은 문화를 공유한다는 사실만으로도 그어떤 위로보다 든든한 존재가 되어 주었다.

한국의 가장 큰 명절인 추석을 맞아 한인 가족 모임이 있었다. 캐나다는 추석이 공휴일은 아니지만 한국은 가족이 모여 풍성한 음식을 나누는 날이기에 한인 가족들끼리 모이기로 한 것이다. 한인 가족들이 캐나다에 머무는 이유는 제각각이었다. 영어 교육을 목적으로 방문했다가 눌러앉은 가족도 있었고, 2~3년 정도 체류하려는 가족도 있었으며 우리처럼 1년만 살아보기로 한 가족들도 있었다. 각자의 사정은 달랐지만, 모두 같은 모국어를 쓰는 한국인이라는 공통점이 있었다. 우리는 서로에게 낯선 땅에서 만난 마음의 안식처이자 어려움이 닥쳤을 때 기댈 수 있는 든든한 울타리가되어주었다.

물론 한국인이라고 무작정 가까워지는 것은 아니다. 관계에는 시간이 필요하기 때문이다. 학교 행사에서 얼굴을 익히고, 매주 학부모를 대상으로 하는 영어 수업에 참여하거나 같이 식사하거나

대화를 나누면서 자연스럽게 거리가 좁혀졌다. 함께 보낸 시간이 쌓일수록 관계도 깊어졌다. 이번 추석 모임은 그동안의 교류가 차곡차곡 쌓여 만들어진 결실 같았다.

이날 모임은 모임 인원 중 몇 명이 발 벗고 나서 자리를 마련해 준 덕분에 성사되었다. 여행으로 빠진 가족들을 제외하고도 어른과 아이를 합쳐 서른 명 가까이 모였는데, 이날의 진짜 주인공은 아이들이었다. 유치원 아이들부터 중학생까지 다양한 연령의 아이들이 하나가 되었다. 나이도, 성별도 달랐지만 아이라는 공통점 하나로 금세 똘똘 뭉쳤다. 넓은 운동장에서 편을 갈라 피구를 하기도 하고 언니 오빠들이 동생들의 그네를 밀어주며 깔깔대는 모습은 정말 보기 좋았다. 마치 오래 알고 지냈던 동네 오빠나 언니, 동생처럼 서로를 챙기며 가까워지는 시간이었기 때문이다. 아이들의 웃음소리 덕분에 어른들의 대화도 한층 더 따뜻해졌다.

한인 가족 모임은 편안하고 유쾌했으며 따뜻했다. 아무리 현지인들과 친해졌다 하더라도 한국인만큼 깊은 대화를 할 수 있는 사람은 없었다. 해외로 나오기 전 외국에서는 한국 사람을 더 조심하라는 말을 여러 번 들었다. 왜 그런 말이 나오는지는 충분히 이해하지만 다행히도 우리의 주변에는 좋은 분들만 있었다. 진심을 나눌 수 있고 어려울 때 함께할 수 있는 이웃이 있다는 사실은 캐나다에서 지내는 내내 큰 위안이 되었다.

추석 모임은 이국 생활 중에 받은 큰 선물이자 위로였다. 헤어질 무렵에는 다들 입을 모아 내년 봄쯤에 다시 만나자고 약속했다. 그때는 날씨도 더 좋을 테고 아이들은 조금 더 자라 있을 것이며 우리들의 관계 또한 지금보다 더욱 돈독해져 있을 것이다.

해외 생활은 낯설고, 때로는 외롭다. 하지만 이런 따뜻한 모임 하나가 그 시간을 버티게 해준다. 고향의 언어와 정서를 공유할 수 있는 사람들이 같은 공간에 있다는 사실은 마음의 안식처가 되기에 충분하다. 추석날 함께했던 웃음과 대화, 그리고 따뜻한 정은 분명 이곳에서의 삶뿐만 아니라 세계 어디에서 지내든지 우리의 생활을 단단하게 지탱해 줄 것이다.

말보다 마음을 배운 시간

해외에서 영어는 선택이 아니라 필수다. 하지만 아이들 유학이라는 명목으로 제한된 시간 동안만 머무른다면 부모는 영어 공부를 열심히 하지 않아도 된다고 느껴질 때가 있다. 학교에서 필요로 하는 안내문이나 공지는 대부분 이메일로 전달된다. 번역기가 있으면 큰 무리 없이 내용을 이해할 수 있고 한인들의 도움을 받으면 영어를 사용하지 않고도 일상생활이 가능해 보이기도 했다.

그래서 1년이라는 제한된 시간 안에서 영어 공부의 실효성을 따져보면 무리해서 공부하지 않아도 괜찮다는 생각이 들었다. 단기간에 눈에 띄는 성과를 기대하기도 어렵고, 어설프게 배운 영어로 대화하는 것보다 차라리 번역기에 의존하는 편이 더 정확하다고 느껴질 때도 있었기 때문이다.

하지만 캐나다 사회에서 살아가기 위해서는 아주 기본적인 의사소통은 할 줄 알아야 한다. 현지에서 몇 년을 살았던 가족들을 보면 아이들이 부모에게 말을 통역해 주는 모습을 종종 목격한다. 하지만 아이가 아무리 영어를 잘해도 어른들의 일을 대신 처리해 주지는 못한다. 어른과 아이의 역할은 분명히 나뉘어져 있기 때문이다. 그래서 해외에서 살 때는 아이들의 영어 못지않게 부모의 영어도 중요하다.

캐나다에는 이민자 센터나 도서관에서 주관하는 무료 영어 수업이 많다. 캐나다로 유입되는 이민자 수는 매년 증가하고 있기에 이들이 빠르게 적응할 수 있도록 정부가 나서서 무료 영어 강좌를 운영하는 것이다. 우리 부부는 1년 동안, 여행할 때를 제외하고는 이민자 센터와 도서관에서 주관하는 수업에 꾸준히 참여했다. 처음에는 단순히 영어 실력을 위해 수업을 들었지만, 참여 횟수가 점차 늘어갈수록 영어 그 이상의 것을 배우는 듯한 기분이었다.

이민자 센터의 수업은 정년 퇴직한 자원봉사자가 진행했다. 이 수업은 영어를 아예 할 줄 모르는 이민자들을 대상으로 운영되었기 때문에 한국인에게 적합한 수업은 아니었다. 수업에 참여해 보면 의외로 한국의 교육 수준이 높다는 사실을 느낄 수 있다. 대한민국 영어 교육은 독해 중심이라 아쉽다고 생각했는데 막상 캐나다에서 수업을 들어보니 그러한 교육이 무척 도움이 되었다. 선생님의 질문은 이해하지 못하더라도 한국인들은 판서 내용을 보며 곧잘 따라간다. 하지만 아주 기초적인 영어를 가르치기에 수업 자체가 큰 도움이 되지는 않았다. 그럼에도 빠지지 않고 참여했던 이유는 이 수업에서 캐나다인들이 생각하는 봉사의 의미와 이방인을 대하는 태도를 배울 수 있었기 때문이었다.

자원봉사자는 강의실 지원 외에는 그 어떤 물질적 도움도 받지 않았다. 마커부터 종이, 교재와 같이 수업에 필요한 준비물은 모두 봉사자의 사비로 마련했다. 내가 만약 봉사자였다면 내 시간과 돈을 들여 이민자들을 위해 꾸준히 수업할 수 있었을까? 그렇다는 대답은 쉽게 나오지 않았다. 그렇기에 이들의 헌신이 크게 다가왔다. 자원봉사자는 자신이 코로나에 걸려 결석했던 2주를 제외하고는 단 한 번도 수업을 빠지지 않았다. 그가 수업 시간마다 보여주는 열정은 단순히 돕는다는 차원을 넘어 봉사 자체를 즐기는 모습이었다.

무엇보다 인상적이었던 것은 자원봉사자가 영어만 가르치지 않았다는 점이다. 이민자들이 캐나다에서 겪는 어려움, 생활 전반에서 필요한 조언을 아낌없이 나누어주었다. 은퇴 후에도 이웃을 위해 시간을 쓰고 헌신하는 삶이 얼마나 값진지 그 모습을 통해 배울 수 있었다. 수업 마지막 날, 우리 부부는 감사의 마음과 함께 작은 꽃다발을 전했다. 그 꽃을 보고 그는 고마움을 표현했다. 아내는 끝내 눈물을 흘렸는데, 그 눈물은 지난 1년간 봉사자의 친절과 따뜻함이 우리 마음속에 얼마나 깊이 스며들었는지를 알려주는 증표와 같았다. 사진을 남기지 못해 아쉬웠지만 봉사자와 함께한 시간만은 오래도록 기억 속에 남을 것이다.

도서관에서는 그룹별로 이야기를 나누는 형식으로 수업이 진행되었다. 정해진 시간에 모여 한 주 동안 있었던 일이나 가슴속에 담아둔 말, 도움이 필요한 것들을 이야기하는 자리였다. 많을 때는 열 명 이상 참여하였는데, 이런 날에는 발언 기회가 고작해야 한두 번에 불과했다. 어떤 날은 한마디도 못하고 끝나기도 했다. 영어 실력을 올리겠다는 목표만 보면 큰 도움이 되지 않았다. 그럼에도 꾸준히 참석했던 이유는 성실함은 반드시 남는 게 있다는 믿음 때문이다.

얼굴을 자주 마주하다 보니 자연스럽게 유대감이 생겼다. 옆에 있는 사람이 어떤 환경 속에서 어떤 고민을 하는지 모두가 알 정도로 관계가 깊어졌다. 이런 관계는 관심으로 이어졌고, 그 관심이 우리 부부의 마음에 크게 와닿았다. 마지막 모임의 시간이었다. 오늘을 위해 두 달 전 베네수엘라에서 온 이반 할아버지가 기타 연주와 노래를 준비했다. 스페인어로 된 노래라 무슨 내용인지는 정확히 이해하진 못했지만, 그가 전하는 마음만은 확실히 받을 수 있었다. 언제 어디에 있어도 우리는 언제나 친구가 될 수 있다는 말은 귀로는 이해 못 해도 가슴으로 공감하기에 충분했다. 지난 시간 동안 모임에서 만난 사람들은 모두 서로를 진심으로 품어주었다. 그 마지막 순간에야 나는 비로소 이 모임의 진짜 의미를 깨달았다. 이곳은 서로 다른 배경을 가진 사람들이 마음을 나누며 관계를 만들어가는 곳이었다.

모임에 나온 사람들의 국적은 멕시코, 콜롬비아, 베네수엘라, 이란, 아르헨티나, 그리고 한국까지 다양했다. 언어가 서툴러도 우리는 표정과 눈빛, 몸짓으로 충분히 의도를 이해할 수 있었다. 종종 대화가 끊겨도 말 너머의 본질을 읽는 법을 배우게 되었다. 내게 이 영어 수업들은 단순히 영어를 배우는 시간이 아니라 인간에 대한 이해를 넓힐 수 있는 시간이었다.

처음에는 생존을 위해 영어를 배우려 했다. 하지만 지난 1년을 되돌아보니 영어 그 이상의 것을 배울 수 있었다. 봉사의 의미, 이민자를 향한 따뜻한 관심, 서로 다른 문화와 배경을 가진 사람들이 교감하는 방법을 알게 되었다. 이 경험은 오래도록 내 안에 남을 것이다. 말보다 마음을 배운 자리, 언어보다 인간을 이해한 시간, 그것이 바로 내가 캐나다에서 얻은 가장 큰 배움이었다.

part. 5

캐나다와 한국과의 거리,

1만 632
킬로미터

아프면 응급실로

어느 날 아침, 둘째가 발가락이 아프다고 말했다. 아픈 부위를 손으로 누르면 통증을 느끼지만 외관상으로는 별다른 문제가 없어 대수롭지 않게 여겼다. 일단 하루를 더 지켜보고 내일도 아프면 말하라고 했다. 그리고 다음 날에도 여전히 아프다는 소리에 발톱을 살펴보니 증상이 눈에 띄게 나빠졌다. 발톱 주변이 검게 변했고 발톱 아래는 고름이 차올라 부풀어 오른 상태였다. 고름 부위를 손으로 누르자 둘째가 몸을 흠칫 떨며 고통스러워했다. 그제야 상황이 심상치 않다는 것을 실감하게 됐다. 단순한 투정이 아니었다.

인터넷으로 둘째의 증상을 검색해 보니 피부과를 가라고 한다. 해외에서 병원을 다녀 본 적이 없었던지라, 어느 피부과로 가야 할지 알 수가 없었다. 둘째의 발톱 사진을 찍어 현지의 지인들에게 조언을 구했다. 모두가 워크인 클리닉에 가보라고 했다. 나는 추천을 가장 많이 받은 곳으로 향했다. 하지만 막상 주차장에 도착하고 보니 제대로 찾아왔는지 의심이 들었다. 병원이 아닌 약국 건물밖에 없었기 때문이다. 우선은 약국 안으로 들어가 접수를 했다.

진료실에 들어섰지만 아무리 보아도 병원 같지 않았다. 시설은 열악했고 무엇보다 발톱 치료를 위한 의료기기는 전혀 보이지 않았기 때문이다. 그리고 나의 의심은 확신이 되었다. 의사 선생님은 발톱 상태를 보더니 자신은 치료가 어렵다며 포디아트리스트를 찾아가라고 했다. 처음 듣는 단어였다. 스펠링을 물어봐 검색해 보니 발 치료사라는 뜻이었다. 우리는 의사 선생님으로부터 발 치료사가 있는 병원을 추천받아 또 다른 병원으로 향했다.

하지만 그곳에도 병원 건물은 없었다. 의사 선생님이 잘못 알려준 게 아닐까 싶어 몇 번이나 주소를 다시 확인했지만 위치는 정확했다. 그 자리에는 병원 대신 마사지숍이 있었다. 단어만 놓고 본다면 마사지숍과 발 치료사라는 어느 정도 연관성이 있어 보였다. 하지만 당연히 병원을 소개받을 줄 알았던지라 당황스러웠다. 내 상식으로는 도저히 이해가 되지 않았지만 내가 모르는 이곳만의 시스템이 있을 수도 있다는 생각에 문을 열고 들어섰다.

안으로 들어서자 직원이 무슨 일로 왔는지 물었다. 나는 아이 발톱 문제로 워크인 클리닉에서 추천을 받아서 왔다고 설명했다. 비교적 또박또박, 아이 상태를 정확하게 설명했는데 직원은 내 설명이 끝나도 둘째의 상태나 통증에 대해서는 묻지 않았다. 그녀의 관심은 오직 하나였다.

"예약하셨나요?"

처음에는 병원 방문 절차의 일부겠거니 싶었다. 병원이라면 당연히 예약 확인을 할 수 있으니 별생각 없이 고개를 가로저었다. 그런데 그녀의 다음 말이 나를 당황하게 만들었다. 스케줄표를 훑어

본 그녀는 일주일 뒤에 예약 가능한 진료 시간이 있으니 오늘 예약하고 다음 주에 오라는 것이었다. 내 설명이나 둘째의 증상은 안중에도 없어 보였다.

아픈 사람이 방문했는데 상태 확인도 하지 않고 예약부터 하라는 이 상황이 이해가 되지 않았다. 예약 여부를 떠나 상태 확인은 당연하다고 생각했기에 이런 식의 응대는 충격적이기까지 했다. 치료가 시급한 환자보다 그들의 시스템이 더 중요하다는 뜻으로 들렸다.

물론 이곳이 정식 병원이 아니라 마사지나 발을 관리하는 곳이라면 그럴 수 있다. 하지만 적어도 내 아이의 증상에 대한 기본적인 확인만 해 주었더라도 이렇게 불쾌하지는 않았을 것이다. 결국 우리는 발톱을 보여주지도 못하고 그곳을 나서야 했다.

그날 하루는 아무런 조치도 하지 못한 채 무기력하게 흘러가 버렸다. 병원을 두 군데나 들렀지만 어느 곳에서도 실질적인 도움을 받을 수 없었다. 둘째는 계속 고통을 호소했고 나의 불안과 답답함도 그에 따라 점점 커져갔다. 그리고 다음날에도 둘째의 증상에는 차도가 없었다. 통증은 가라앉기는커녕 더욱 심해져 둘째는 얼굴을 잔뜩 찌푸리고 있었다. 더는 지체할 수 없었다. 병원이라고 하기에는 병원 같지 않던 워크인 클리닉도, 치료는커녕 예약 여부만 묻던 마사지숍이 아닌 종합병원 응급실로 향했다.

처음부터 응급실을 떠올리지 않은 것은 아니었다. 캐나다는 병원 시스템이 워낙 복잡하고 느리기에 조금이라도 아프면 응급실에 가는 것이 가장 빠른 방법이라고 알고는 있었다. 하지만 응급실이라는 단어가 주는 무게감과 선입견이 발목을 잡았다. 나는 그때까지 생명이 위급하거나 사고를 당한 중환자들만 가는 곳이라고 생각했다. 그렇다면 둘째의 발톱 증상은 전혀 응급한 상황이 아니었다. 하지만 며칠째 아픔을 호소하는 아이 앞에서 나의 선입견은 아무런 힘을 발휘하지 못했다. 둘째를 고통으로부터 해방시켜 주기 위해 나는 응급실로 향했다.

처음 찾은 응급실은 그 분위기부터 낯설고 불안했다. 캐나다 응급실은 대기 시간이 최소 한 시간, 길게는 열두 시간 이상 걸릴 수도 있다고 들었다. 그래서 긴 기다림을 각오하고 데스크에 신분증과 여행자 보험증서를 제출했다. 이 두 가지 서류는 응급실 방문 시 꼭 필요하다. 만일 둘 중 하나라도 없으면 아무리 급한 상황이라도 접수가 불가능하다. 접수부터 하고 서류는 나중에 제출하겠다는 요청은 받아들여지지 않는다.

지난 며칠은 운이 없었는데, 다행히 이날은 운이 좋았다. 접수 후 약 한 시간 반 만에 진료실로 불려갔다. 이 정도면 굉장히 빠른 편이었다. 진료실에 들어가 의사 선생님에게 인사를 하고 지난 며칠의 경과를 설명했다. 그는 고개를 끄덕이며 둘째의 발가락을 유심히 들여다보았다. 처음에는 심각한 표정이던 의사 선생님은 이내 웃으며 발톱의 구멍을 뚫고 고름을 빼내면 괜찮아질 것이라고 했다.

고름만 제거하면 쉽게 나을 수 있었는데 그러지를 못해 지난 며칠 동안 마음고생 한 것을 생각하면 둘째에게 미안했다. 그런데 갑자기 둘째가 울기 시작한다. 의사 선생님과 나누는 대화를 유심히 듣던 둘째가 '홀'이라는 단어에 겁을 먹은 것이다. 발톱에 구멍을 안 뚫겠다며 울고불고 난리를 치는 둘째를 겨우 진정시키고 치료를 시작했다. 실제 처치는 1분도 채 되지 않아 끝났다. 구멍을 통해 고름이 빼내고 나니 아이의 표정이 금세 밝아졌다. 통증이 사라지자 울음도 뚝 그쳤다.

이번 일을 계기로 캐나다 의료 시스템이 한국과 얼마나 다른지 실감할 수 있었다. 한국이었다면 가까운 병원에서 진료를 받고 항생제 처방까지 30분도 채 걸리지 않았을 것이다. 예약 없이 당일 진료도 가능하고 절차도 단순하다. 하지만 캐나다는 달랐다. 간단한 치료를 받으면 끝나는 일도 응급실을 찾아야만 했다. 시스템이 우선시되는 곳이기 때문이다. 아무리 아파도 예약하지 않으면 증상도 확인해 주지 않고 심지어 서류가 없으면 예약도 할 수 없다. 이러한 의료 시스템이 갖춰진 나라에서 아프다는 말은 복잡한 절차와 긴 기다림을 의미한다.

진료 후 수납 방식은 다른 의미로 놀라웠다. 치료를 마치고 원

무과를 찾았는데 아무리 둘러봐도 병원비를 수납하는 곳이 없었다. 안내 데스크에 문의하여 담당자와 통화한 나는 그만 깜짝 놀라고 말았다. 오늘은 진료비 납부를 안 하고 그냥 돌아가도 된다고 했기 때문이다. 처음에는 내가 잘못 들은 줄 알았다. 치료를 받았는데 돈을 내지 않아도 된다고 하면 그 누가 쉽게 믿을 수 있을까. 알고 보니 캐나다에서는 치료가 끝난 후에 병원비 영수증과 납부 안내서가 우편으로 발송되었다. 치료비는 이 영수증을 확인한 후 납부하면 된다. 낯설지만 신선한 그들만의 방식이었다.

그렇다면 과연 비용은 얼마나 나왔을까? 발톱에 구멍 하나 뚫었을 뿐인데 718달러가 청구되었다. 영수증을 받아보고 나서야 한국이 의료 강국임을 실감했다. 다행히 이 비용은 여행자 보험으로 전액 환급받았다. 나는 이때 여행자 보험의 중요성도 함께 배웠다. 해외에서 아프지 않고 지내면 가장 좋겠지만, 언제나 예기치 못한 상황은 찾아오기 마련이다. 그래서 여행자 보험은 선택이 아니라 필수다.

치과 치료 역시 응급실과 다르지 않았다. 출국 1주일 전, 한국에서 검진을 받았을 때는 아무 이상이 없었는데 캐나다 도착 한 달 만에 첫째의 이가 썩었다. 유치라 시간이 지나면 빠지겠지만 아이가 너무 아파하니 더 이상 지켜볼 수는 없었다. 이때는 한국어가 가능한 한인 치과를 방문했었다. 하지만 간단한 진료를 마친 의사는 발치 외에는 치료가 어렵다고 했다. 대신 또 다른 한인이 운영하는 소아 치과를 소개해 주었다.

다음 날, 한 시간 떨어진 곳에 있는 소아 치과를 방문했다. 그곳에서는 발치 대신 신경을 제거하고 충전물을 채우면 된다고 했다. 첫째가 무서워할까 걱정했지만, 전문의의 손길은 빠르고 능숙했다. 30분도 채 되지 않아 치료가 끝나 첫째는 금세 통증에서 벗어날 수 있었다.

캐나다 치과 시스템은 한국 시스템과 사뭇 다르다. 한국에서는 아이가 치료받는 동안 보호자는 대기실에서 기다리는 게 일반적이다. 그러나 이곳에서는 오히려 부모에게 아이 손을 잡아달라고 요청한다. 아이가 안정감을 느끼도록 치료 내내 곁에 있어 달라는 배려였다. 덕분에 신경치료가 어떻게 이루어지는지 가까이에서 지켜볼 수 있었다. 손상된 부위를 갈아내고 내부의 신경을 제거한 뒤, 그 자리를 인공 물질을 채워 인공 치아를 만들었다. 치료가 끝난 후 첫째는 이제 아프지 않다며 환하게 웃었다.

하지만 치료비는 719달러로 결코 가볍지 않았다. 한국이라면 10만 원이면 끝나는 치료였을 것이다. 여기에 치과 진료는 여행자 보험으로 전액 보장되지 않아, 일부는 따로 부담해야 했다. 이래서 많은 이들이 해외에서 병원 가기를 망설인다. 아파도 돈 걱정 때문에 치료를 미루는 경우가 많다는 말은 결코 과장이 아니었다.

캐나다에서 생활하는 동안 아프다는 말이 가장 무서웠다. 아이들이 아프다고 말할 때마다 내 마음은 얼어붙었다. 물론 아프면 병원에 가면 그만이다. 하지만 익숙지 않은 환경, 낯선 언어, 처음 접하는 의료 체계 속에서 병원을 찾는 일은 생각보다 훨씬 큰 용기가 필요했다. 한국이라면 가벼운 마음으로 다녀올 진료조차도 여기서는 무언가를 각오해야만 가능한 일이 되었다. 그래서 병원에 가는 일 자체가 큰 장벽처럼 느껴졌다.

무엇보다도 아이의 상태를 정확히 설명해야 한다는 부담은 늘 내 어깨를 짓눌렀다. 고통을 조금이라도 빠르게 줄여주기 위해서는 의사에게 정확한 표현으로 전달해야 했는데, 그 과정에서 느껴지는 언어 장벽은 역시 압박이 아닐 수 없었다. 사람은 누구나 아프다. 다만 스스로 이겨낼 수 있을 만큼의 가벼운 증상만 겪기를 바랄 뿐이다. 물론 가장 좋은 것은 아프지 않고 건강하게 지내는 일이지만 말이다.

도로 위에서 배운 존중의 언어

20년 동안 운전하면서 느낀 선명한 감정은 불편함이었다. 운전면허를 땄을 때는 마치 세상 어디든 갈 수 있을 것 같은 해방감에 들떴지만, 현실 속의 도로는 그리 호락하지 않았다. 방향지시등을 켜고 차선 변경을 시도하면 옆 차선의 차는 속도를 높였고, 좌회전 비보호 신호에서 잠시 망설이는 사이 경적이 울렸다. 조금만 천천히 달리면 쌍라이트가 번쩍이기도 했다. 내 미숙한 운전 실력은 마치 도로 위에서 환영받지 못하는 존재처럼 느껴졌다. 단지 운전에 서툴렀을 뿐인데, 그 서투름을 이해해 주는 사람은 거의 없었다.

그런 내가 캐나다에서 운전대를 잡고 가장 먼저 놀란 것은 한국과는 전혀 다른 운전 문화였다. 방향지시등을 켜면 옆 차선의 차량이 속도를 줄여 주었고 비보호 좌회전 구간에서도 여유 있게 기다려줬다. 천천히 주행한다고 쌍라이트로 압박하는 일은 없었다. 오히려 쌍라이트는 먼저 지나가라는 배려의 표현이었다. 한국에서라면 시비의 신호로 오해받을 수 있는 행동이 이곳에서는 양보의 사인이었다.

보행자에 대한 배려는 더 인상적이었다. 차들은 보행자가 횡단보도를 완전히 건널 때까지 기다렸고 올 스톱ALL STOP 표지판이 있는 교차로에서는 반대편 차선에 차가 없어도 반드시 일시 정지해야 했다. 구급차나 경찰차가 사이렌을 울리면 도로의 모든 차량이 길을 터주었고 스쿨버스가 정차 신호를 보내면 아이들의 승하차가 끝날 때까지 기다렸다. 단순한 규칙이라기보다는 사람이 먼저라는 인식이 도로 위에 녹아 있는 듯했다. 목적지에 얼마나 빨리 도착하느냐보다 그 과정에서의 안전을 훨씬 더 중요하게 여기는 문화였다.

운전하며 특히 기분 좋았던 것은 말없이 건네는 작은 손짓이었다. 캐나다는 선팅이 금지되어 있어 운전자의 얼굴과 행동이 잘 보인다. 그래서 좁은 도로에서 누가 먼저 지나가야 할지 애매할 때, 서로를 향한 손짓 하나에 모든 상황이 자연스럽게 정리된다. 먼저 가라고 손짓하면 상대방 또한 고맙다며 손짓을 보낸다. 이러한 도로 위의 작은 손짓은 존중과 배려이자 운전자로 하여금 기분 좋게 목적지에 다다르게 하는 에너지였다.

물론 캐나다의 운전 문화가 모두 이상적인 것만은 아니다. 시내에서는 느긋하게 배려하며 운전하지만 고속도로는 다르다. 도로 위에 속도제한이 없어 모두가 속도를 올린다. 고속 주행이 익숙하지 않으면 모두가 빨리 달리는 고속도로는 무법지대처럼 느껴질 수 있다. 그러나 제아무리 무서운 고속도로여도 지킬 것은 지킨다. 차선 변경할 때는 방향지시등을 켜고 무리하게 끼어들지 않는다. 속도만 다를 뿐 도심이나 고속도로나 기본적인 배려는 같다.

이런 문화는 한국과 비교할 때마다 더욱 또렷해진다. 한국에서는 내가 양보하면 뒤차는 불편해한다. 교차로에서 맞은편 차량에게 양보하면 내 기분은 좋지만 뒤차는 경적을 울리거나 쌍라이트를 번쩍이며 항의하기도 한다. 대한민국의 도로에는 '내가 먼저' 문화가 만연하다. 그래서 좋은 취지로 양보해도 나만의 착각으로 끝날 때가 많다.

하지만 캐나다는 달랐다. 도로 위의 자연스러운 양보에는 분명한 이유가 있었다. 바로 교통법규를 위반했을 때 따르는 책임의 무게 때문이었다. 캐나다에서는 배려가 미덕이기 이전에 규칙이었다. 그래서 이를 어기면 반드시 대가를 치른다. 나는 캐나다에서 운전하며 딱 한 번 벌금을 낸 적이 있다. 신호를 무시하거나 사고를 낸 것도 아니었다. 붉은 신호에서 '일단 정지 후 우회전'을 지키지 않았기 때문이다.

지난 20년간 몸에 밴 습관이 무의식적으로 나온 결과였다. 한국에서는 내가 출국하기 한 달 전에 이 법규가 시행되었다. 조금은 억울했지만 그 사정이 변명은 될 수 없었다. 규칙을 어겼으니 무거운 벌금의 책임을 따라야 했다. 325달러라는 거금을 내고 나니 운전이 자연스럽게 조심스러워졌다. 또 다른 벌금을 내지 않기 위해서 운전에 배려가 자연스럽게 깃들었다.

이런 캐나다의 교통 문화를 직접 경험하고 나니 자연스럽게 두 나라의 차이를 떠올리게 되었다. 캐나다 사람들의 운전 태도와 도로 위에서의 배려, 법규 위반에 대한 엄격한 책임은 단순히 교통 문화의 문제가 아니라 사회가 어떤 가치를 우선에 두고 있는지를 보여주는 방식처럼 느껴졌다. 이는 어느 나라의 운전 문화가 더 낫다는 의미보다는 서로 다른 환경에서 형성된 기준의 차이일 것이다. 다만 캐나다에서는 차보다 사람이 우선이고 속도보다 안전을 중요하게 인식한다는 것은 엄연한 사실이었다.

문화적 배경이나 환경의 차이는 존재한다. 한국의 교통 상황에는 한국 나름의 맥락이 있으므로 모든 것을 있는 그대로 비교할 수는 없다. 그럼에도 불구하고 사람을 중심으로 생각하는 교통 인식만큼은 고민하고 닮아가야 할 가치라는 생각이다. 캐나다의 운전 문화가 한국의 도로 위에도 조금씩 스며든다면 단지 사고를 줄이는 차원을 넘어 서로를 존중하고 배려할 수 있는 사회적 분위기를 형성하는 데 훨씬 많은 도움이 될 수 있지 않을까.

칭찬과 신뢰의 에너지

캐나다에서 경험한 칭찬과 신뢰는 단순한 말 한마디나 친절한 태도 그 이상이었다. 낯선 땅에 적응하려 애쓰던 이방인의 입장에서 그들이 건넨 말 한마디는 하루를 버티게 해주는 힘이자 세상을 다시 보게 만드는 기회였다. 그들과 관계를 맺고 마음을 나누며 배운 칭찬과 신뢰는 내가 캐나다라는 사회를 이해하게 된 가장 본질적인 경험이었다.

　이곳 사람들은 처음 만난 이에게도 "하우 아 유?"라며 자연스럽게 인사를 건넨다. 길에서 스쳐 지나가거나 계산대 앞에서 대기할 때 흔하게 들을 수 있는 인사말이었다. 한국이라면 친분이 있거나 특별한 상황에서만 오가는 말이라 처음에는 어색했지만 시간이 지날수록 그들이 건네는 인사에 익숙해졌다. 이곳에서 인사는 서로의 마음의 문을 여는 열쇠였다. 무엇보다 나처럼 언어가 서툰 이방인들에게 그 짧은 인사는 영어를 말할 수 있는 소중한 기회였다.

　아이들의 등하굣길은 현지인들과 교류할 수 있는 최적의 장소였다. 우리는 스쿨버스를 이용하지 못해 아이들을 직접 등하교시켰다. 이때 학교 운동장에서 현지 학부모들과 매일 마주했다. 아이들을 기다리는 동안 현지인들이 말을 걸면 나 역시 인사를 건넸다. 혹시라도 어색한 표현이나 문화 차이로 생길 오해를 줄이기 위해 나는 뉴커머라는 말을 덧붙이며 말이 어색하더라도 이해해 달라며 양해를 구했다. 그러나 그들은 내 서툰 영어를 불편해하지 않았다. 오히려 더 집중해서 들어주었고 말이 끝나기도 전에 영어를 잘한다며 웃으며 칭찬해 주고는 했다.

솔직히 내가 말한 영어는 문법도 틀리고 발음도 정확하지 않았다. 하지만 그들은 실수보다 시도에 주목했고 완벽함보다는 용기에 박수를 보냈다. 나의 부족함을 덮어주는 그들의 배려는 내가 자신감을 가질 수 있게 해 주는 동력이었다. 처음에는 그들의 칭찬이 어색하고 과장되었다는 느낌이었다. 그러나 그들과 함께하는 시간이 길어질수록 진심이었다는 사실을 알 수 있었다. 이들의 언행을 통해 칭찬은 상대의 장점을 먼저 보려는 노력이고 관심과 존중이 담긴 태도라는 것을 알게 되었다. 그들은 내 말을 끝까지 기다려주었고 어색한 표현에도 웃으며 고개를 끄덕여 주었다. 말보다 마음이 먼저 닿는 대화가 가능하다는 것을 나는 그곳에서 배웠다.

한국에서 나고 자란 나는 칭찬에 익숙하지 않았다. 부족한 점부터 이야기하는 문화 속에서 성장한 탓인지 칭찬은 낯설고 불편했다. 그러나 캐나다에서 경험한 칭찬은 달랐다. 사소한 시도나 미약한 변화라 할지라도 인정하고 격려해 주는 문화를 경험하면서 나 역시 타인의 장점을 먼저 바라보게 되었다. 실수보다 노력과 가능성을 보는 관점이 이곳에서는 너무나도 당연했다.

신뢰에 대한 경험도 특별했다. 캐나다에 입국한 지 한 달도 안되었을 무렵의 일이었다. 아이들의 서머 캠프 등록을 위해 상담을 받았다. 직업이 없다고 하니 캠프 담당자는 그런 가족에게는 캠프 비용이 전부 무료라고 했다. 순간 내가 잘못 들은 줄 알고 거듭 물

어보아도 담당자는 웃으며 내가 들은 게 맞다고 했다. 처음 만난 사람을 어떻게 믿느냐고 물었더니 그녀는 단 한마디로 답했다.

"아이 트러스트 유."

오늘 처음 만난 사람으로부터 조건 없는 신뢰를 받은 그 경험은 내게 큰 울림을 주었다. 그것은 단순한 친절이 아니었다. 신뢰를 먼저 베푸는 태도로 느껴졌다. 그날 이후 내 안에서 신뢰라는 단어의 의미는 완전히 바뀌었다. 신뢰란 특별한 조건이나 증거가 아니라 먼저 믿어주는 용기에서 비롯되는 것이었다.

이방인의 입장에서 누군가의 상황을 이해하고 공감하는 일은 결코 쉬운 일이 아니다. 하지만 내가 만난 캐나다인들은 우리의 서툰 언어에도 귀 기울여 주었고 작은 시도에도 아낌없는 칭찬을 보냈으며 불안한 이방인의 사연을 있는 그대로 믿어주었다. 물론 모두가 그러지는 않겠지만 적어도 내가 만난 사람들은 그러했다. 그들의 태도는 이 사회가 얼마나 개방적이고 포용적인지를 말해 주었다.

돌아보면 캐나다에 와서 새로운 문화 속에서 타인을 어떻게 대하고, 어떻게 관계를 맺어야 하는지 다시 배운 듯한 기분이었다. 그 과정에서 나는 칭찬은 상대의 장점을 키워주는 힘이 되고 신뢰는 관계의 뿌리를 깊게 내리게 하는 영양분이 된다는 사실을 깨달았다. 그리고 이 두 가지가 함께할 때, 낯선 이방인조차도 새로운 사회 안에서 조금씩 자기 자리를 만들어갈 수 있었다.

기다림을 배우는 곳

캐나다 1년 살이를 준비하며 가장 먼저 마주한 장벽은 바로 행정 처리 속도였다. 한국에서의 삶은 늘 빠르게 돌아갔다. 그래서 민원 하나를 처리할 때 며칠씩 걸리는 일은 드물었다. 하지만 캐나다는 달랐다. 민원인의 편의보다 행정 시스템의 규칙과 절차가 우선이었다. 느림의 미학이라고 하기에는 실생활에 미치는 영향이 적지 않았다. 그 느림은 답답함을 넘어 불안과 스트레스로 이어졌다.

우리가 처음으로 경험한 행정 업무는 아이들 학생 비자 신청이었다. 한국 학교 성적을 번역하고 공증을 받았다. 여권 발급부터 각종 서류 준비, 신체검사까지 순서대로 준비한 뒤 비자를 신청했다. 캐나다 이민국 공식 사이트에는 비자 승인까지 최대 12주가 소요된다고 적혀 있었다. 그러나 실제 후기들을 보면 대부분 10일에서 길어야 3주면 승인이 난다는 말이 많았다. 나 역시 그 기대를 품고 3월 말에 비자를 신청했다. 늦어도 4월 중에는 승인을 받을 수 있을 거라 확신했다.

하지만 현실은 달랐다. 3주가 지나도 승인 메일은 오지 않았다. 시간이 흐를수록 마음은 점점 조급해졌다. 단순히 비자를 늦게 받는 일에서 끝나는 문제가 아니었다. 나는 조금이라도 비용을 아끼기 위해 항공권과 숙소 예약을 끝낸 상태였다. 항공권 가격은 하루가 다르게 올랐다. 우리는 다섯 식구가 한꺼번에 움직여야 했기에 만일 비자 승인이 늦어지면 항공권이나 숙소 변경 비용 또한 천정부지로 치솟게 된다.

하지만 이러한 우리의 사정을 캐나다 정부가 어떻게 알겠는가. 시간이 흘러 5월이 다 지나가도록 아무런 소식이 없었다. 그런데 문득, 20대 시절 호주에서 세금 환급을 신청했을 때의 일이 떠올랐다. 2주 만에 환급을 받았던 동료와는 달리 나는 무려 6개월을 기다렸다. 세무사에게 수차례 연락했지만, 기다리라는 답변밖에 들을 수 없었다. 이방인들의 외국 생활에서 기다림은 선택이 아니라 필수처럼 느껴졌었다.

하지만 이번에는 나 혼자만의 문제가 아니었다. 가족 전체의 이동이 걸려 있으니 무작정 기다릴 수도, 무작정 취소할 수도 없는 딜레마가 찾아왔다. 결국 5월 말까지 승인이 나지 않으면 비자 신청을 다시 하거나 항공 일정을 변경해야 했다. 두 가지 모두 시간과 비용의 손실이 컸다. 왜 이 모든 부담을 민원인이 감내해야 하는지 의문이 들었다. 그렇게 초조한 마음으로 다시 이민국 사이트를 확인했더니 처리 기간은 12주에서 16주로 오히려 늘어나 있었다.

답답한 마음에 온라인 커뮤니티에 들어가 보니 비슷한 사연이 넘쳐났다. 우리보다 늦게 신청했지만 먼저 승인을 받은 사람도 있는가 하면 우리보다 먼저 신청했는데 아직도 결과를 기다리는 사람도 있었다. 명확한 기준이 없으니 누가 정답이라고 할 수도 없었다. 이 시스템은 속도뿐 아니라 순서도, 기준도 없이 작동하는 듯했다.

그러던 중, 5월 31일에 마침내 세 통의 메일이 도착했다. 제목을 보는 순간, 비자 승인 메일이라는 것을 직감했다. 신청한 지 두 달 만에 받은 승인이었다. 기뻐야 마땅할 순간이었지만 기쁨보다 안도감이 더 컸다. 분명히 화가 나야 할 상황이 맞는데 불안에서 벗어났다는 사실만으로 마음이 놓였다.

하지만 이 기다림은 비자 승인에만 그치지 않았다. 새로 이사한 집에 인터넷을 설치했을 때도 마찬가지였다. 한국에서는 하루, 길어야 이틀이면 해결되는 일이었지만 이곳에서는 열흘이나 걸렸다. 기술적인 문제가 아니라 행정 절차 때문이었다. 우리가 거주한 아파트는 인터넷 설치 시 기계실 출입이 필요했는데, 관리인의 승인이 없으면 출입 자체가 불가능했다. 그런데 하필 관리인이 휴가 중이었다. 그래서 대리인에게 요청했지만, 응급 상황이 아니라서 승인해 줄 수 없다는 말만 했다.

며칠 뒤, 힘들게 기계실 출입 허가를 받았지만 이번에는 엔지니어가 약속 시간보다 늦게 오는 바람에 대리인이 퇴근해 버렸다. 또다시 일정을 조율하려면 며칠을 더 기다려야 했다. 한국이었다면 입주민의 불편을 고려해 열쇠를 미리 맡기거나, 또는 다양한 방법으로 대응했겠지만 이곳에서는 규정상 불가라는 말이 모든 불편을 무력하게 만들었다.

문제는 거기서 끝나지 않았다. 관리인이 휴가에서 돌아와 기계실 출입이 가능해졌지만, 엔지니어가 인터넷을 연결하지 못한 것이다. 그래서 다음 날 또 다른 엔지니어를 불러야 했다. 이렇게 열흘이 지나서야 비로소 우리는 인터넷을 이용할 수 있었다. 기술의 문제보다 단순한 행정 조율로 인한 지연이 명확한 원인이었다.

이때의 경험을 현지인들과 이야기할 수 있는 기회가 있었다. 대부분은 내 불편함에 공감하면서도 이민국 직원이나 아파트 관리인, 엔지니어 입장을 더 당연하게 받아들였다. 현지인 대부분이 "캐나다는 원래 그런 나라야."라며 웃어넘겼다. 나는 캐나다는 사용자가 아닌 규정 중심의 나라라는 사실을 다시금 깨달았다. 한국처럼 시스템이 사람을 따라가는 것이 아니라 사람이 시스템에 따라 움직이는 사회였다.

캐나다에서의 삶은 이 느림을 있는 그대로 받아들이는 것에서 출발한다. 익숙하지 않는 절차 속에서 우리는 때로는 안도하고 때로는 분노하며 그렇게 조금씩 적응해 간다. 빠르게 움직이고 빠르게 결정하는 문화에 익숙한 사람에게는 답답할 수밖에 없겠지만, 기다림의 기술을 배우는 경험도 썩 나쁘지 않았다고 생각한다.

14０년 세월이 가르쳐 준 집의 의미

학교 행사에서 알게 된 스테판은 처음부터 인상 깊은 사람이었다. 행사장 한쪽에 서 있던 우리에게 먼저 다가와 말을 건넸고, 행사가 끝날 때까지 아내와 끊임없이 대화를 이어갔다. 영어가 서툰 아내의 말에도 그는 진심을 다해 응해 주었다. 손에 쥔 휴대폰 번역기 하나에 의존해 낯선 언어의 벽을 넘어서려는 노력이 인상 깊었다. 영어와 한국어가 오가는 문장들은 어색했지만, 두 사람의 대화는 멈추지 않았다. 나는 그 모습을 지켜보며 기술의 발전이 우리 삶을 어떻게 바꾸었는지 새삼 실감했다. 과거라면 불가능했을 대화가 이제는 손바닥만 한 기계 하나로 가능해진 시대가 되었으니 말이다.

그날 밤, 스테판이 메시지를 보내왔다. 반가웠다는 인사와 함께 조만간 집으로 초대하고 싶다는 내용이었다. 한국어로 작성된 문장은 다소 기계적인 어투였지만, 그 속에 담긴 온기와 진정성은 오히려 또렷하게 느껴졌다. 그것은 형식적인 인사가 아니라 정말로 마음을 열고자 하는 사람의 언어였다.

며칠 뒤, 하교 시간에 우연히 다시 만난 그는 자연스럽게 우리를 저녁 식사에 초대했다. 지난번에 보낸 문자는 형식적인 인사치레가 아닌 캐나다인의 진심인 모양이었다. 그가 보내준 주소에 도착하니 가장 먼저 아이들이 뛰어노는 넓은 마당이 눈에 들어왔다. 시선은 이내 마당에서 그의 집으로 옮겨갔다. 단독주택을 직접 지어 본 경험이 있는 나로서는 집 자체가 가진 분위기와 구조에 가장 먼저 눈이 갈 수밖에 없었다.

스테판의 집은 도심에서 한참 떨어진 인적이 드문 외곽에 자리하고 있었다. 아파트와 주택이 빽빽하게 들어선 한국의 주거 환경과는 달리 넓은 대지 위에 띄엄띄엄 늘어선 단독주택은 자연에 둘러싸여 있었다. 옆집에 가려면 차를 몰고 가야 할 정도였다. 도시의 소음보다는 고요함이 먼저 느껴지는 공간이었다.

그러나 진짜 놀라운 것은 그 집의 나이였다. 언제 지어진 집이냐는 물음에 돌아온 대답은 믿기 어려웠다. 나는 순간 잘못 들은 줄 알고 되물었다. "나인틴이 아니고 에잇틴이라고요?" 그는 웃으며 고개를 끄덕였다. 이 집은 1883년에 준공된, 무려 140년이나 된 목조주택이었다.

놀라워하는 나를 보며 스테판은 즐거운 기색이 역력해 보이는 모습으로 집에 대한 설명을 이어 나갔다. 집의 뼈대는 140년 전의 것 그대로였지만 내부는 시대에 맞게 조금씩 손을 본 흔적이 남아 있었다. 벽 여기저기에는 페인트 자국이 남아 있었다. 이를 보며 학교에서 마주칠 때마다 그의 손이나 옷에 페인트가 묻어 있던 이유를 알 수 있었다. 그는 늘 집을 가꾸고 있었던 것이다. 이는 그의 삶의 일부이자 즐거움처럼 보였다.

집 뒤편에는 그의 작업장이 있었다. 스테판은 그림도 그리고, 기타도 치고, 팟캐스트도 운영했다. 그리고 이 작업장에서는 돌을 가공하고 있었다. 정갈하게 놓인 반짝이는 광물들 사이로 아마조나이트라는 돌이 눈에 띄었다. 캐나다에는 돌 수집이 취미인 이들이 많다고 했는데, 그는 돌을 직접 가공해 판매까지 하고 있었다.

아이들은 마당에서 트램펄린을 타며 시간을 보냈다. 고요한 숲을 배경으로 맑은 하늘 아래 뛰노는 아이들의 모습은 그 자체만으로 평화로워 보였다. 나는 가만히 그 모습을 휴대폰에 담았다. 내가 한국에서 단독주택을 선택했던 이유는 바로 아이들이 뛰어놀 수 있는 공간이 필요해서였다. 스테판 역시 나와 비슷한 이유에서 이 집으로 이사를 왔다. 그 선택에 대한 만족은 아이들의 웃음소리가 대변해 주었다.

140년 된 집은 낡았지만, 공간이 오래되었다고 해서 불편하거나 쇠락해 보이지 않았다. 오히려 아이들의 웃음소리와 가족의 생활이 더해져 살아 숨쉬는 집처럼 느껴졌다. 목조주택은 세월의 풍파를 견디며 여전히 사람들을 품어주고 있었다. 나는 이 집을 보며 집은 단순한 건물이 아닌 삶을 담는 그릇이라는 내 생각을 다시 확인할 수 있었다.

그리고 이 집에는 사람의 온기가 느껴졌다. 단독주택만이 갖는 소소한 즐거움이 가득했고, 특히 어린 아이들에게는 최고의 공간이었다. 이 집은 말한다. 사람들이 진짜로 살아가는 공간은 아이들이 뛰어놀 수 있는 공간이라고 말이다. 그런 집에서 뛰노는 아이들의 모습을 보며 나는 행복이라는 단어가 자연스럽게 떠올랐다. 마음껏 뛰어놀 수 있는 자유가 있는 집, 그런 집에서 유년 시절을 보낸 아이들에게 행복은 결코 멀리 있지 않다고 생각한다. 집에서 보내는 삶 그 자체가 행복일 것이다.

여행인 줄 알았는데, 삶이었다

해외여행을 준비할 때면 항상 가슴 뛰게 하는 설렘을 느낀다. 호텔과 항공권을 예약하거나 맛집을 검색하고, 기내용과 화물용 짐을 분리하거나 여권과 환전을 준비하는 과정 자체가 즐겁다. 구름 위를 나는 상상만으로도 좋았다. 캐나다 1년 살이를 준비할 때도 마찬가지였다. 얼마쯤은 1년 동안 해외여행하는 기분이기도 했다.

그러나 이는 나의 오만이었다. 캐나다에서의 1년은 여행자의 마음만으로 지낼 수 없었다. 물론 그러한 기분을 전혀 느끼지 못한 것은 아니었다. 여행하듯 매일 설렘과 기대만으로 살아갈 수는 없었다는 뜻이다. 지금 돌이켜 보면 인천공항으로 향하는 공항버스 안이 설렘이 가장 가득했던 순간이 아니었나 싶다. 그 이후로 모든 것이 새롭고 신선함을 느끼기보다는 불안하고 우울한 감정만 느꼈다. 따로 이동해야 할 아내에 대한 미안함 때문이었을 것이다.

해외여행이 좋은 점은 모든 것이 새롭고 흥미롭기 때문이다. 영상으로만 보던 것들을 두 눈으로 확인하고 두 발로 걸으며 실체를 경험할 수 있다. 그러나 새로움도 반복되면 익숙해지고 점차 무뎌지기 마련이다. 여행의 기분은 처음 며칠만 유효했다. 반복되는 일상은 새로운 환경에 적응하고 타협하게 만들었다. 만약 이곳에서 짧은 여행을 한다는 마음으로 생활했다면 조금은 더 마음이 편했을지 모른다. 하지만 그러지 못했기에 이곳에서의 삶을 마음 놓고 즐기지 못했다. 물론 여행이 아닌 생활을 체험한 일은 나에게 또 다른 경험을 안겨 주었다. 하지만 늘 좋기만 한 여행과는 달리 부정적인 인상도 남았기에 아쉬움은 있다.

다만 현실적인 삶의 어려움을 겪다 보니 세계 어디든 사람 사는 곳은 다 똑같다는 생각이 들었다. 해외라고 해서 달콤한 젖과 꿀이 흐르는 희망찬 미래만 있지 않았다. 그곳에는 똑같이 희로애락이 존재했다. 해외살이는 그곳 사람들과 함께 살면서 그들의 문화를 영위한다. 여기에는 함께 시간을 보내야만 얻을 수 있는 무언가가 있다. 이를 경험할 수 있느냐 아니냐에 따라 여행과 삶이 나뉜다고 생각한다. 그래서 반쯤 여행하는 기분으로 시작했던 나의 1년 살이는 여행보다는 삶에 가까운 경험이었다고 할 수 있다.

그리고 바로 이런 마음가짐이 나를 가장 힘들게 했다. 여행인 줄 알았던 해외살이가 삶으로 다가온 순간 현실의 무게감이 느껴졌다. 여행자의 마음으로 살았다면 즐거운 마음으로 소비하며 세상의 다양함을 경험했을 것이다. 그러나 현지인들처럼 살다 보니 설렘보다는 불안과 외로움, 낯선 환경에 적응해야 하는 긴장감이 더 크게 다가왔다. 이는 짧은 여행에서 느끼지 못한 감정들이었다. 캐나다에 대해 깊이 있게 경험한 것은 맞지만 마음고생도 적잖게 했다.

여행과 삶의 경계에서 무엇이 좋은지 정의하기는 쉽지 않다. 즐거움을 쫓을 것인가, 아니면 힘들어도 새로움에 도전할 것인가는 결국 개인의 성향에 따라 달라진다. 여행자의 즐거운 마음도, 현지인들의 희노애락도 모두 인간의 감정이다. 서로 다른 감정이 내 안에서 충돌할 때, 나는 어떤 하루를 살아가야 할까? 그 경계가 명확하지 않아서 힘들어하는 사람들도 있다.

감사는 받는 것이 아니라, 나누는 것이다

매년 10월 둘째 주 월요일은 캐나다 정부가 공식 지정한 추수 감사절이다. 이날은 추석처럼 온 가족이 함께 모여 음식을 나누며 한 해 동안의 수확과 삶의 은혜에 감사한다. 캐나다에서 가장 큰 명절이니 가족들끼리 모여 감사의 마음을 나누는 날이라고만 생각했다. 그러나 이곳에서는 혈연관계가 아니더라도 손님을 초대하고 정성껏 대접하며 함께 시간을 나누는 문화가 있었다. 내가 가장 놀란 점은 그 손님의 범위가 이미 알고 지내던 지인에 그치지 않고 앞으로 알아가고 싶은 이웃이나 가족까지 포함된다는 사실이었다.

우리 가족에게도 캐나다에서 처음이자 마지막이 될 추수감사절이 찾아왔다. 우리는 현지인 가족의 초대로 이날을 특별하게 보냈다. 우리를 초대한 부부는 남편이 필리핀 출신, 아내는 카리브해의 작은 섬 출신이었다. 교회 예배가 끝나고 간단한 인사를 나누는 자리에서 남편이 조심스레 우리 가족을 초대하고 싶다는 말을 건넸다.

그의 초대에 '왜'라는 의문이 앞섰다. 처음 본 사람에게 인사를 건네는 일은 자연스럽다. 하지만 가족 전체를 식사에 초대한다는 것은 한국 정서로는 이해하기 어려웠다. 반가움보다 낯섦이 먼저였고, 호의 뒤에 다른 이유가 있지는 않을까 의구심도 들었다. 내 표정에서 머뭇거림을 읽었는지 그는 충분히 생각해 보고 마음이 내키면 연락하라며 명함을 건넸다. 며칠간 고민한 끝에 캐나다 사람들은 명절을 어떻게 보낼지 궁금해 초대에 응했다.

우리는 초대에 감사하는 마음을 전하고자 디저트를 준비해 갔다. 그런데 식탁 위에 차려진 음식을 마주한 순간, 우리의 선물이 너무 소박하게 느껴졌다. 소고기 스튜만 준비한다고 하기에 단출한 식사일 줄 알았다. 그러나 실제로 우리를 기다리고 있던 것은 연어구이에 콘 샐러드, 따끈한 수프, 고구마와 갓 구운 빵, 달콤한 딸기까지 곁들여진 정성스러운 만찬이었다. 식탁 위의 음식에서 그들의 진심이 느껴졌다. 초대받은 자리에서 괜한 의심을 했던 것이 미안할 따름이었다.

그날의 식사는 몇 개월 후 떠날 우리 가족에게 현지인들과 함께한 또 하나의 추억을 선물해 주었다. 감사 인사를 어떻게 전해야 할지 고민했는데 그들은 오히려 자신들의 초대에 응해줘서 고맙다고 답했다. 순간 가슴이 뭉클했다. 지금껏 감사라는 감정은 선물이나 호의와 같이 무언가를 받는 사람에게만 허용된다고 생각했는데, 이들에게는 달랐다. 이들 부부의 한 마디는 받는 사람이 있어야 비로소 나의 진심을 나눌 수 있다는 사실을 일깨워 주었다. 아마 이것이 캐나다식 감사의 마음이었을지도 모른다.

우리를 초대한 부부를 통해 보통의 이방인들이 캐나다에서 어떻게 정착해 살아가는지 볼 수 있었다. 이들은 20년 전 캐나다에서 처음 만나 결혼했다고 한다. 당시에는 영주권을 신청하는 족족 떨어져서 자메이카에서 살다가 다시 캐나다로 돌아왔다고 했다. 떠나기 전보다 조건이 좋지 않았음에도 이번에는 별문제 없이 영주권을 받을 수 있었다고 했다.

그렇게 시작된 우리의 대화는 아이들 교육, 캐나다의 집값, 앞으로의 삶으로 자연스레 흘러갔다. 특히 집값 문제는 공감하지 않을 수 없었다. 그들은 토론토에서 생활하다가 집값과 생활비가 부담되어 6개월 전에 지금 사는 곳으로 옮겨 왔다고 했다. 시기로 보니 우리와 비슷한 시기에 집을 구한 셈이다. 매물이 없어 집을 찾기 힘들었다는 말에 서로 고개를 끄덕였다. 방 세 개짜리 집을 월 3,000달러 이하로 구했다는 내 이야기에는 쓴웃음을 지으며 위로해 주었다. 알고 보니 그들 역시 비슷한 조건으로 집을 마련한 모양이었다. 대화를 나누면서 나는 내 집 마련에 대한 갈망은 한국 사람만의 전유물이 아니라는 생각을 했다. 누구에게나 집은 삶의 안정과 직결된 공간이니 말이다.

이날, 나는 서로 다른 문화, 서로 다른 뿌리를 가진 사람들이 한자리에 모여 음식을 나누고 삶의 이야기를 이어갈 때 언어와 배경의 차이는 오히려 부차적인 것이 된다는 사실을 깨달았다. 그 자리를 따뜻하게 만든 것은 풍성한 음식이 아니라 상대를 향한 환대와 기꺼이 마음을 열려는 태도였다. 한국의 추석이 가족 간의 전통과 유대가 중심이라면 캐나다의 추수감사절은 이방인조차도 손님으로 받아들이는 열린 마음이 핵심이 아닐까 싶다.

누군가의 환대를 통해 우리 가족도 사람 냄새가 나는 캐나다의 명절을 경험할 수 있었다. 식탁 위에 차려진 음식 냄새와 함께 나눈 대화, 그리고 서로의 삶에 대한 공감은 내 마음속에 오래도록 남을 것이다. 그리고 추석이 되면 이날의 일을 떠올리게 될 것 같다. 나는 마음속으로 조용히 기도한다. 우리를 초대했던 그 가족도 언젠가 안정된 보금자리를 마련해 더 평온한 일상을 누릴 수 있기를, 그리고 그들의 추수감사절이 언제나 풍성하기를 말이다.

part. 6

가족의

의미

혈연을 넘어선 가족의 의미

캐나다에서의 생활은 낯설고 새로웠지만, 그 안에는 가족을 다시 바라보게 되는 특별한 순간들이 있었다. 특히 아버지날과 조부모의 날을 떠올리면 지금도 마음이 따뜻해진다. 가정의 달을 통해 가족의 의미를 다시금 생각해 볼 수 있었다.

아버지날은 둘째의 담임 선생님이 엄마들에게만 보낸 이메일 덕분에 알게 되었다. 이메일에는 아이가 아빠의 물건과 함께 찍은 사진을 5×7 사이즈로 인화해 제출하라고 되어 있었다. 아빠들을 깜짝 놀라게 하기 위해 엄마들에게만 연락한 모양인데, 우리 집은 내가 모든 이메일을 관리하다 보니 미리 알 수밖에 없었다. 그럼에도 무척 기대가 되었다.

나는 물건이 많지 않은 편이다. 그래서 나를 가장 잘 드러내는 물건이 무엇일지 고민이 깊었다. 외출복은 몇 벌 안 되고, 평소에도 액세서리나 시계 같은 물건은 잘 사용하지 않았다. 결국에는 가장 자주 입는 셔츠와 바지를 아이에게 입혀 사진을 찍었다. 내 옷을 입고 있는 아이의 모습은 낯설면서도 이상하게 감동적이었다. 그렇게 사진을 제출하고는 까맣게 잊고 지냈다. 그런데 며칠 후 학교에서 집으로 가는 길에 둘째가 작은 꾸러미를 내밀었다.

"아빠, 선물이야."

포장을 풀어보니 숙제로 제출한 사진이 액자에 담겨 있었다. 그리고 선생님의 짧은 메시지도 함께 있었다. 작고 소박한 선물이었지만 보는 순간 마음이 울컥했다. 나는 아이들에게 자상하고 여유 있는 모습으로 보이기를 바랐다. 하지만 나는 자상하기보다는 엄격했고 바쁘다는 이유로 여유보다는 짜증을 내는 날이 많았다. 그리고 아이들이 이런 모습까지 닮게 될까 불안했다.

하지만 내 옷을 입고 환하게 웃고 있는 둘째의 표정에서는 그런 불안과는 다른 감정이 느껴졌다. 그 어떤 계산이나 조건 없이 나를 있는 그대로 받아들이고 있는 듯한 느낌이었다. 그 사진을 보니 부모는 아이의 거울이라는 말이 떠올랐다. 아이의 행동과 태도에는 부모의 말투와 몸짓, 감정의 방식이 무의식적으로 스며든다고 했다. 매일 곁에서 보며 자라니 자연스럽게 부모를 닮을 수밖에 없다.

나를 닮은 둘째의 웃음을 보니 그 말이 더 선명하게 다가왔다. 나는 단순히 아이들이 나를 닮을까봐 두려워했던 것이 아니다. 아이들이 앞으로 닮아가게 될 삶에 대한 나의 태도 때문이었다. 짜증을 잘 내고 늘 바쁘다는 이유로 가족보다 일을 앞세우며 불안과 책임을 피하려 했던 모습까지도 아이들은 그대로 보고 배울지도 모른다. 나는 가장 닮지 않았으면 하는 모습이 아이에게서 나타날까 두려웠다.

그렇다면 아이들 앞에서 좋은 모습만 보여주려 애쓰는 것이 정말 좋은 아빠일까? 그보다는 부족한 모습과 흔들리는 순간을 가

감없이 드러내며 그 선택에 대해 책임지는 모습을 보여주는 일이 더 중요하지 않을까 싶다. 나는 아이들에게 완벽한 아빠보다 스스로의 선택을 감당할 줄 아는 아빠로 남고 싶다.

내 아이도 언젠가는 부모가 될 것이다. 생물학적으로 아빠가 될 수는 없지만 아빠를 닮은 어른이 되는 것은 언제나 가능하다. 그래서 내 행동 하나하나가 더 조심스러워졌다. 특히 둘째에게만 유독 화를 내고 목소리를 높이는 나의 태도가 늘 마음에 걸렸다. 하지만 아버지날, 이 작은 선물은 나를 돌아보게 만들었다.

그리고 조부모의 날은 또 다른 의미에서 특별한 하루였다. 우리 아이들이 다니는 학교에서는 매년 조부모님을 학교로 초대해 손주들의 학교생활을 함께 경험하는 행사를 진행한다. 이날, 조부모들은 손주들의 일상을 가까이서 보고 학교에 기부금도 낸다.

우리는 이날 장인어른과 장모님이 참석했다. 우리가 캐나다로 오기 전, 두 분은 아이들이 영어를 따라갈 수 있을지, 혹시라도 소외되진 않을지, 자칫 자존감이 무너지지는 않을지 걱정이 많으셨다. 그러나 이날 아이들의 학교생활을 직접 확인하시고는 한시름 놓으셨다. 아이들은 누구보다 밝았고, 교실 안에서 친구들과 어울리는 모습은 안심하기에 충분했다. 더욱이 손녀들을 보기 위해 외국에서 열세 시간을 날아온 조부모님은 우리가 처음이라며 모든 이들이 놀라워했다. 그 덕분에 많은 분들의 관심을 받았다. 이날은

가족 모두에게 특별한 의미를 안긴 하루였다.

　이날을 위해 전교생이 노래, 합주, 연극 등 다양한 공연을 준비했다. 장인어른과 장모님 또한 무대에 선 우리 아이들을 보며 흐뭇한 표정으로 휴대폰을 꺼내 들고 부지런히 영상을 찍으셨다. 공연이 끝난 뒤에는 아이들의 교실을 방문했다. 아이들은 할머니와 할아버지에게 자신이 학교에서 어떻게 생활하는지 설명했다. 사물함과 벽에 걸린 그림에 대해 이야기하거나 친구들도 소개해 주었다. 그날 아이들의 말투에서는 자신감이 느껴졌다. 조부모님들은 반복해서 고개를 끄덕이며 감탄했다. 아이들의 평범한 일상이 누군가에게는 벅찬 감동이 되었다.

　막내의 교실로 들어섰을 때 뜻밖의 장면이 펼쳐졌다. 외할머니를 본 막내가 갑자기 울음을 터뜨린 것이다. 공연이 끝나고 가족들이 바로 올 줄 알았는데 오지 않아서 불안하고 속상했다면서 말이다. 우리는 순간 당황했다. 하지만 외할머니가 안아주니 막내는 금세 마음이 풀린 듯 외할머니와 함께 준비한 활동을 했다. 종이 위에 외할머니 손의 윤곽을 따라 그리고 자신의 손은 다른 종이에 윤곽을 그렸다. 그 윤곽선을 따라서 오린 후 하나로 겹치니 외할머니와 함께 손을 잡고있는 작품이 되었다. 막내는 그 순간을 외할머니와 함께 하고 싶었던 것이다.

　그리고 우리는 이날, 또 하나의 조부모님과 함께 시간을 보냈다. 우리 아이들에게는 짐 할아버지와 재키 할머니라는 캐나다 조부모님도 계신다. 이들은 지역 모임에서 처음 만났다. 언제나 먼저 인사를 건네고 도움을 주던 두 사람은 낯선 땅에서 우리에게 단순한 이웃이 아니었다. 짐과 재키는 자신의 집에 우리 가족을 초대해 주었고 아이들이 신나게 물놀이하며 놀 수 있도록 수영장도 기꺼이 내어주었다. 그날 우리는 김밥을 싸갔고 짐은 닭꼬치 바비큐를 구웠는데 서로의 음식을 나누어 먹으며 문화와 감정을 공유할 수 있었다. 그들은 귀국 전날까지도 우리를 위해 많은 일에 도움을 주었다. 마지막 점심 자리에서는 작별이 아쉬워 말없이 눈물을 흘리기도 했다. 아이들도 그 집을 수영장이 있는 캐나다 할머니 집이라 부를 만큼 우리 가족에게는 마음으로 이어진 진짜 가족이었다.

그런 짐과 재키가 조부모의 날을 앞두고 우리 아이들의 조부모가 되어 주겠다고 먼저 제안해 주었을 때의 감동은 잊을 수가 없다. 비록 피 한 방울 섞이지 않은 사이지만, 그 따뜻함은 그 어떤 혈연보다 깊다고 느꼈다.

이때만 해도 장인어른과 장모님의 방문 일정이 정해지지 않았기에 우리는 그들의 제안을 감사히 받아들였다. 그런데 공교롭게도 장인어른 부부가 조부모의 날이 있는 주에 캐나다로 오시게 되면서 이날 한국 조부모님과 캐나다 조부모님이 한자리에 모이는 진풍경이 펼쳐지기도 했다. 서로 언어는 통하지 않았지만 눈빛과 웃음

만으로 충분히 의사소통을 하고 있었다. 말이 필요 없는 따뜻함이 느껴졌다. 부모라는 존재는 말이 통하지 않아도 마음을 나눌 수 있는 사이라는 사실을 배운 순간이었다.

돌아보면 캐나다에서 맞은 아버지날과 조부모의 날은 단순한 기념일이 아니었다는 기분이 든다. 이날들은 부모와 자식이 서로를 돌아보는 날이자 가족의 의미를 다시 새기는 시간이었다. 아이들은 부모에게 사랑을 표현하고 부모는 자신을 성찰하며 더 나은 존재가 되고자 다짐한다. 그리고 혈연을 넘어선 따뜻한 만남은 우리 가족의 울타리를 더 넓혀주었다. 한국에서 오신 부모님과 캐나다에서 만난 짐과 재키 부부가 함께 만들어 준 그 시간들은 캐나다를 두 번째 고향이라고 생각할 수 있는 추억을 만들어 주었다.

내 안의 가난한 마음

가난한 삶은 어떤 삶일까? 매일 배고프거나 허름한 집에서 허름한 옷을 입고 사는 삶일까? 아니면 돈이 없어 길거리에서 구걸하는 삶일까? 우리 사회는 가난을 돈이 없는 상태로 정의한다. 하지만 나는 그것이 전부가 아니라는 사실을 알고 있다. 가난은 단순히 돈의 부족만으로 설명되지 않는다. 마음의 여유가 사라졌을 때, 그 보이지 않는 빈곤이 더 깊숙히 찾아오기도 한다.

나는 캐나다에서 빈곤함을 처음 느꼈다. 통장 잔고를 말하는 게 아니다. 숫자는 충분했다. 하지만 내 마음은 늘 가난했다. 사회가 정한 가난의 기준에는 속하지 않았지만 나는 매일 가난한 감정과 마주했다. 통장의 숫자를 들여다볼수록 불안했고 그 불안은 나를 집어삼켰다. 그리고 끊임없는 걱정으로 이어졌다. 일어나지도 않은 상황을 상상하며 그때 들어갈 돈만 계산하고 있었다. 나는 지출과 연결된 상상에 지배당했다.

돈에 대한 불안은 아내에게도 고스란히 전해졌다. 아내의 가장 큰 불만은 카드 사용이었다. 장을 보거나 방과 후 활동비를 내거나 심지어 커피 한 잔을 마시는 일조차 내 눈치를 보며 조심스러워했다. 한국에서는 자기 명의로 된 통장과 카드를 가지고 자유롭게 사용하던 사람이었다. 소비의 자유가 박탈된 아내의 불만은 당연하다면 당연했다.

우리 부부는 애초에 소비 습관이 달랐다. 나는 일회성 소비를 피하려는 성향이었고 아내는 단 한 번이라도 즐거운 경험이라면 기꺼이 지출하는 사람이었다. 가성비를 중시하는 사람과 지금 이 순간을 중요하게 생각하는 사람 사이에는 늘 넓은 강이 흘렀다. 다툼을 피하려면 결국 누군가는 침묵해야 했다.

물론 나도 절약이 능사가 아니라는 것을 잘 안다. 비싸더라도 튼튼하고 오래 쓸 수 있다면 그것이 오히려 더 경제적이라는 것 또한 안다. 하지만 '수입 0원'이라는 현실이 내게 극단적인 절약 강박을 안겨 주었다. 일하고 싶어도 여건이 안 되는 상황이다 보니 더욱 예민하게 굴었다. 당장 필요한 것보다는 미래에 대한 대비가 더 중요하다고 믿었다. 그래서 극단적으로 절약하지 않아도 될 만큼 통장 잔고에 충분한 여유가 있음에도 불구하고 나는 줄어드는 숫자에만 집착했다.

미련하기 짝이 없었다. 나는 왜 여유를 받아들이지 못했을까. 마음의 여유가 있었다면 아내와 다투는 대신 더 많이 웃을 수 있었을 텐데. 커피 한 잔에, 아이들과 함께 먹는 아이스크림에, 캐나다 곳곳에서 보냈던 수많은 순간들 속에서 우리는 더 많이 웃었을 것이다. 하지만 나는 그 소중한 기회들을 불안이라는 이름으로 밀어냈다.

그 핵심에는 돈이 있었다. 우리 가족은 캐나다에서 마이너스 통장으로 생활했다. 나는 이곳에서 가난하게 살고 싶지 않았다. 그래서 1년 예산을 꼼꼼하게 짰고 그에 따른 여유 자금도 충분히 마련하여 캐나다로 왔다. 정착 초기에는 괜찮았다. 하지만 줄어드는 잔고를 볼 때마다 마음은 너무나 무거웠다. 어느 순간부터 나는 내가 짠 예산보다도 더욱 꼼꼼하게 따지고 절약하며 지내고 있었다.

정말로 돈이 없어 곤란한 상황도 아닌데 나는 스스로가 만들어낸 불안에 갇혀 있었다.

가난하지 않은 나를 가난하게 만든 것은 다름 아닌 바로 나였다. 지출만 이어지는 생활이니 시간이 흐르면 돈은 자연스럽게 줄어들기 마련이다. 하지만 나는 그 변화를 받아들이지 못했다. 모든 것을 가성비 기준으로만 생각했으니 무리도 아니었다. 이러한 나의 조바심은 가족들에게도 전염되었다. 덕분에 우리의 일상은 때로는 피로에 짓눌리기도 했다.

나는 캐나다에서 가난의 진정한 의미를 배웠다. 돈이란 그 숫자를 어떻게 바라보느냐에 따라 마음가짐이 달라진다. 부유함과 빈곤함을 구분하는 기준은 바로 이 마음의 여유다. 사람들이 왜 내 안의 가난한 생각부터 버리라고 하는지, 그 진정한 의미를 이제는 안다.

불안의 씨앗들

물론 돈 말고도 나를 불안하게 하는 요소들은 많았다. 누군가 내게 1년 동안 무엇이 힘들었냐고 묻는다면, 주저 없이 '두려운 마음'이었다고 답할 것이다. 공항에서 아내와 이산가족이 된 그 순간부터 내 안의 자신감은 무너졌다. 나는 캐나다에서 선택을 할 때마다 몇 번이고 다시 검토하고 두세 번씩 확인했다. 하지만 모든 일을 모국어가 아닌 외국어로 처리해야 하다 보니 나는 점점 자신감을 잃어갔다. 챗지피티나 네이버 파파고 번역도 믿을 수 없었고, 심지어 아내의 조언조차 신뢰하지 못했다. 어느 순간부터 내 안에서는 정체 모를 불신이 자라기 시작했다. 그 불신은 불안으로 이어졌고 불안은 일상을 잠식해 갔다. 스트레스로 예민해진 아빠와 함께 살아야 했던 아내와 아이들의 삶이 편했을 리 없다.

이 불안은 언제쯤 사라질까. 아이들 교육을 위해 해외로 떠난 부모들도 나와 같은 심정이지 않을까. 얼마나 더 많은 시간이 지나야 내 마음은 평온과 위로를 찾을 수 있을까. 하루에도 수없이 마음을 다잡으려 애썼다. 다음 날 아침에 눈을 떴을 때, 한국이기를 바란 적도 있었다.

초반에는 아내의 비자 문제 때문에 스트레스가 컸다. 내 실수 때문에 아내는 따로 입국해야 했다. eTA를 받은 아내의 비자 연장은 필수였다. 만일 연장이 되지 않는다면 우리는 또다시 이산가족이 되어야 한다.

같은 상황은 반복하고 싶지 않았기에 이번에는 철저히 준비했다. 문제없이 승인받을 거라 확신했지만 착각이었다. 고작 3개월 연장에 그쳤다. 결국 아내는 비자를 한번 더 연장해야 했다. 캐나다의 행정 업무를 몇 차례나 경험했지만 그 처리 기준은 여전히 이해할 수 없다. 다른 사람들은 문제가 없다는데 왜 우리 가족만 예외로 밀려나는 걸까. 지금이야 충분히 그럴 수 있겠다고 생각하지만 당시에는 마음의 여유가 없어서 그런지 모든 일에 화만 났다.

캐나다에서 타고 다녔던 차량도 불안의 한 요소였다. 엔진이 망가지면 어떻게 해야 하고 교통사고가 나면 어떻게 대처해야 할지 늘 생각하고 또 생각했다. 불안은 일어나지도 않은 일을 걱정하게 했다. 한번은 퀘벡까지 장거리 여행을 다녀온 적이 있었다. 편도로만 열세 시간을 운전해야 했기에 미리 차량 점검도 마쳤다. 하지만 불안은 현실이 되고 말았다. 차량 계기판에 경고등이 뜨더니 엔진에서 이상한 소리가 나는 것이 아닌가. 급히 도로 갓길에 차를 세우고 현상을 검색해 본 뒤, 가까운 한인 정비소를 찾아갔다. 다행히 일시적인 현상이라 주행에는 큰 문제가 없었다. 하지만 그 이후로 장거리 운전을 할 때면 긴장의 끈을 놓을 수 없었다. 결과적으로 딜러숍에 팔 때까지 다른 문제는 발생하지 않았지만 불안은 결코 사라지지 않았다. 나는 내 선택을 신뢰하지 못하고 스스로를 옥죄며 살았다.

그리고 아이들이 아프다고 말하는 순간 또한 불안이 엄습했다. 아프면 병원에 가면 된다. 하지만 언어에 대한 불안이 병원으로 향하는 발걸음을 주저하게 만들었다. 다행히 치과에서는 한국어를 할 수 있는 의사 선생님이 계셨지만 응급실은 달랐다. 한국인의 도움 없이 나 혼자 모든 상황을 설명해야 했다. 아이가 아픈 부위를 의사에게 제대로 전달할 수 있을지 걱정이 앞섰다. 어느 병원에 가야 할지도 몰랐다. 종합병원 응급실에 가면 된다는 정보를 겨우 찾아냈지만 응급실이라는 단어 하나에 가슴이 쿵 내려앉았다. 한국에서도 가본 적이 없어서 확신할 수는 없었지만 아프다는 말 앞에서는 망설일 수가 없었다. 다행히 둘째의 발가락은 무사히 회복되었고 그제야 내 마음의 불안도 조금은 풀렸다.

캐나다에서의 1년 동안 내가 마주한 불안은 비단 이러한 문제에만 국한되지 않았다. 나 또한 모든 것이 처음이었다. 그래서 어디서부터 어떻게 시작해야 할지 모를 때마다 불안은 스며들었다. 마음과는 달리 쉽게 떨쳐낼 수가 없었다. 예상치 못한 도전은 늘 나를 긴장하게 했다. 하지만 사실 그 많은 불안은 대부분 내가 만들어낸 것이었다. 쓸데없는 걱정에 빠져 나를 조였고 과도한 가정으로 스스로를 힘들게 했다. 남들의 눈에 특별해 보이는 상황조차 나혼자 비극으로 여기며 살았다.

비자는 다시 신청하면 되고, 차는 고장 나면 고치면 되고, 아프면 병원에 가면 된다. 이처럼 문제가 생겼을 때는 해결하면 그만이다. 그 뒤에도 불안을 안고 살아갈 필요가 없다는 뜻이다. 어떠한 일이 닥쳐도 여유롭게 대응할 수 있는 사람이었다면 좋았을 텐데, 그러지 못한 것이 가장 아쉽다. 캐나다에서 보낸 1년이라는 시간은 무척 행복했지만 동시에 불안을 극복하는 방법을 배워야 했던 시간이었다고 생각한다.

나, 행복해!

세계 3대 폭포 중 하나인 나이아가라 폭포에는 행복한 추억들로 가득하다. 광활한 자연을 만끽할 수 있었던 기억 때문이 아니다. 둘째가 남긴 한마디 때문이다. 캐나다에 입국한 지 한 달쯤 지나 시차도 적응하고 일상도 자리를 잡아갈 무렵, 지인이 여행을 제안했다. 세계적인 관광명소인 나이아가라 폭포에 가자는 제안을 마다할 이유가 없었다.

유명한 장소를 방문할 때면 나는 늘 두 번 다시 오지 못할 수도 있다는 생각으로 그곳에서만 할 수 있는 체험을 하려 한다. 여러 가지를 고려하다가 온 가족이 함께할 수 있는 크루즈를 선택했다. 기회가 있다면 크루즈 체험은 꼭 해보기를 추천한다.

크루즈 선착장에서 나이아가라 폭포로 향하는 길은 폭포에서

떨어지는 거대한 물줄기로 인해 수증기로 가득하다. 이 수증기에 햇빛이 반사되면서 무지개가 생기는데 맑은 날일수록 무지개를 볼 수 있는 확률이 높다. 우리가 방문한 날은 다행히도 날씨가 무척 화창했다. 그래서 나는 아이들에게 주변을 잘 살펴보라고 했다. 아이들은 크루즈를 탄다는 기쁨보다, 세계적인 폭포를 본다는 신기함보다, 무지개를 볼 수 있다는 기대감에 부풀어 있었다.

크루즈 안의 어른들은 장엄한 자연에 감탄사를 내뱉고 있었지만 우리 아이들은 폭포의 반대편에 뜨는 무지개를 찾느라 애를 쓰고 있었다. 그러나 폭포에 도착할 때까지 무지개가 보이지 않으니 아이들의 얼굴에 실망한 기색이 역력했다. 그때, 거짓말처럼 무지개가 나타났다. 선명한 일곱 빛깔의 무지개를 본 순간 아이들의 얼굴은 경이로움으로 물들었다. 그 순간, 둘째가 이렇게 말했다.

"나, 행복해!"

무지개에서 시선을 떼지 못하는 둘째의 입가에는 미소가 걸려 있었다. 아이가 행복이 무엇인지 정확히 알고 하는 말인지는 모르겠지만, 진심이라는 것만은 의심할 여지가 없었다. 그 모습을 보며 문득 부모로서 미안한 마음이 들었다. 아이들이 느끼는 감정을 온전히 지켜주지 못했던 날들이 떠올랐다. 행복은 늘 가까이에 있다는 걸 알면서도 왜 나는 그토록 멀리서만 찾으려 했을까.

행복은 거창한 것이 아니다. 함께 같은 것을 바라보고 같은 시간 속에 머무는 순간에 있다. 그런 순간들이 쌓여 추억이 되고, 그 추억을 함께 떠올릴 때 느끼는 감정이 행복으로 남는다. 가족의 의미를 되새기고 앞으로 살아갈 힘을 얻는 것도 결국 그런 추억 덕분이다. 그래서 우리는 최대한 가족 여행을 떠나려 한다. 같은 장면을 공유하며 같은 기억을 남기기 위해서 말이다.

캐나다에서 보낸 1년은 그런 순간들이 자연스럽게 쌓인 시간이었다. 새로운 곳에서 가족이 함께 머물며 같은 풍경을 공유하며 살았으니 이 시간은 애초에 행복하지 않을 수 없었다. 특히 나이아가라 폭포는 더욱 그랬다. 무지개를 보며 행복하다고 말한 둘째 덕분에 나이아가라 폭포는 장엄한 자연보다 기대감과 즐거움으로 가득 찬 아이들의 순수한 표정이 먼저 떠오르는 장소가 되었다. 그 순간, 그 장소에서 우리 가족은 이미 행복 속에 있었다. 어쩌면 여행은 행복을 만들어내기 위한 일이 아니라 이미 곁에 있던 행복을 발견하는 방식인지도 모른다.

사실 그때 나는 그러한 행복의 감정을 느낄 여유가 없었다. 나이아가라 폭포에서 떨어지는 물줄기 때문에 발생한 수증기에 아이들의 옷이 젖을까 비옷을 여미어 주어야 했고 사진도 찍어야 했기 때문이다. 광활한 나이아가라 폭포의 경이로움을 감탄할 틈도 없었다. 하지만 그 상황은 우리 가족에게 웃음 짓게 하는 소중한 추억이 되었다.

나의 행복을 위한 선택

조부모의 날 이후, 짐이 남자들끼리의 모임을 제안했다. 외국인과 단둘이 앉아 깊은 대화를 나눈다는 생각에 기대도 됐지만 걱정도 컸다. 사전 질문지도 없는 자유로운 대화가 다소 부담스러웠다. 내 안에 둥둥 떠다니는 감정들을 외국어로 제대로 표현할 수 있을까? 하지만 막상 대화가 시작되자 그런 걱정은 눈 녹듯 사라졌다. 그는 내 이야기에 진심으로 공감해 주었다. 이 대화에서 영어는 중요치 않았다.

짐은 내가 캐나다에 온 이유를 가장 궁금해했다. 다양한 인종과 문화가 모인 캐나다에서 그는 지금까지 많은 이민자 가족을 만났다. 그중 한국 가족들은 엄마와 아이들만 있는 기러기 가족이 대다수였다. 우리처럼 온 가족이 함께 온 경우는 드물다고 했다. 그래서 우리의 이야기가 더욱 궁금한 모양이었다.

나는 천천히, 그리고 또박또박 우리 가족 이야기를 들려주었다. 처음 해외살이를 결심하게 된 계기부터 이 1년을 위해 무엇을 공부하고 어떻게 계획했는지, 그리고 이곳 궬프를 선택하게 된 이유까지 말이다. 그리고 이곳에서 우리가 경험한 일들도 함께 전했다. 한국으로 돌아가고 싶지 않다는 첫째, 나이아가라 폭포에서 행복하다고 말하던 둘째, 나중에 커서 캐나다에 다시 올 거라는 막내까지. 물론 영어가 완벽하지는 않았겠지만 짐은 고개를 끄덕이며 끝까지 귀 기울여 주었다.

그는 휴직을 불사하고 이곳에 온 이유가 따로 있느냐고 다시 물었다. 나는 망설이지 않고 말했다. 내 행복을 위한 선택이었다고 말이다. 나에게 행복의 기준은 가족이다. 이런 행복이 누군가에게는 굉장히 사소해 보일 수 있으나, 그걸 지키기 위해서는 노력이 필요하다. 하루 종일 일에 치여 가족 얼굴조차 보기 어려운 날들이 쌓이면 내 삶에서 행복이 서서히 무너지고 있다는 걸 느꼈다. 적어도 아이들이 어릴 때만큼은 가족이 다 같이 시간을 보내기로 결심했다. 그래서 아내가 해외살이 이야기를 꺼냈을 때 나만 한국에 남는다는 선택지는 애초부터 없었다. 그것이 내 행복을 지키는 일이었기 때문이다. 짐의 질문에 나는 망설임 없이 이렇게 대답했다.

"그건 제 행복을 위한 선택이었어요."

물론 대가도 있었다. 캐나다에서 지내는 동안 우리 가정의 수입은 0원이었다. 지출만 계속될 상황을 대비해서 출국 전까지 돈을 아끼고 또 아꼈다. 그래도 부족한 예산은 마이너스 통장으로 메워야 했다. 한국으로 돌아갈 시간이 가까워질수록 예산은 바닥을 드러냈다. 더 머무르고 싶어도 그러지 못하는 것이 현실이었다.

나는 수입이 없었던 이 1년 동안의 생활이 전혀 후회되지 않는다. 오히려 이곳에서의 경험은 돈으로 살 수 없었기에 더욱 소중했다. 만약 캐나다에 오지 않았다면 아마도 우리의 경제적 상황은 나아졌을 것이다. 하지만 온 가족이 함께 캐나다의 사계절을 보낸 기억, 낯선 도시에서 함께 웃던 순간들이나 감동은 없었을 것이다. 그 모든 것은 돈으로는 살 수 없는 가치였다. 남들과 다를 바 없는 평범한 시간이자 특별한 시간들이었다. 나는 캐나다에서 쓴 돈은 내 인생에서 가장 잘한 소비였다고 확신한다.

짐은 내 이야기를 들으며 본인이 생각하는 돈의 가치와 소비의 의미에 대해서도 알려주었다. 그는 돈은 많이 버는 것보다 어떻게 쓰느냐가 더 중요하고, 무엇을 위해 쓰느냐에 따라 삶의 가치가 달라진다고 했다. 그의 이야기에 나는 고개가 절로 끄덕여졌다. 만약 내가 경제적인 상황만 고려하여 아내와 아이들만 캐나다에 보냈다면 아마도 나는 외로움에 몸부림치며 그 선택을 후회했을 것이다. 가족들과 떨어져 지내는 기간 동안 나는 불행했을 것이다. 왜 일을 해야 하는지도 모른 채 기계처럼 살았을 것이다. 그래서 온 가족이 함께 캐나다에 가기를 잘했다고 생각한다. 그렇지 않았다면 얻은 것보다 잃은 것이 훨씬 많았을 것이다.

물론 아쉬움도 있다. 입국 초기에 나는 아이들의 영어 실력에 집착했다. 영어가 목적이 아니라고 했지만 막상 캐나다에 도착해서는 영어에 매달렸다. 그러는 동안 캐나다의 문화와 생활을 더 깊이 체험하고 경험할 수 있는 기회들을 놓쳤다. 그 영향은 아이들에게도 미쳤다. 부모가 삶의 여유가 잃고 조급해지니 아이들 역시 스스로 나서기보다는 아빠의 눈치부터 살펴야 했다. 그때는 충분히 경험했다고 생각했는데 막상 돌아갈 때가 되니 아이들이 진짜로 느끼고 기억하고 싶었을 순간들을 더 많이 만들어주지 못한 것 같아 아쉬움이 남는다.

우리 가족의 캐나다 생활은 이제 곧 끝이 난다. 경제적으로만 따지면 명백하게 마이너스다. 그러나 인생에서 가장 중요한 가치인 가족이 함께하는 시간이었기에 그 어느 때보다도 값진 시간이었다. 나는 경험과 추억이 돈보다 중요하다고 믿는다. 누군가 나에게 왜 캐나다에 왔느냐고 묻는다면 나는 주저 없이 이렇게 대답할 것이다.

'나의 행복을 위한 선택'이었다고 말이다.

(에필로그)

다시 사회로

캐나다에서의 생활을 정리하고 우리는 다시 한국으로 돌아왔다. 1년 만에 다시 밟은 한국 땅은 낯설지 않았다. 익숙한 거리와 언어, 빠르게 돌아가는 일상에 금세 적응했다. 그렇게 그리워하던 한국이었지만 막상 돌아와 보니 오히려 캐나다에서의 시간이 자꾸 떠올랐다. 그곳에서 보낸 하루하루가 지금의 나를 다시 바라보게 만들고 있기 때문이 아닐까 생각한다.

주변 사람들에게 캐나다에서 1년을 살았다고 하면 대부분 부러움을 먼저 표현한다. 일이나 회사에서 벗어난 덕분에 몸과 마음이 한결 건강해졌을 거라고 말한다. 완전히 틀린 말은 아니다. 하지만 그 시간들이 마냥 여유롭거나 낭만적이지만은 않았다. 낯선 환경에서의 생활은 늘 선택의 연속이었다. 장을 보러 가는 일부터 아이와 하루를 어떻게 보낼지까지, 사소한 결정까지도 일일이 내려야 했다. 익숙한 기준이 없다는 사실은 생각보다 많은 에너지를 요구했다.

캐나다에서의 1년은 무언가를 더 얻기 위한 시간이 아니었다. 영어 실력이나 눈에 보이는 성과로 평가할 수 있는 경험도 아니었다. 그 시간은 삶의 속도를 늦추고 하루를 어떻게 살아가고 있는지를 가까이서 바라보는 시간에 가까웠다. 얼마나 많은 일을 해냈는지보다 자연 속에서 시간을 보내며 아이와 어떤 표정으로 하루를 보냈는지, 우리 가족이 어떤 대화를 나누었는지를 더 자주 떠올리게 되었다.

그리고 그 시간은 일상을 새로 구분하는 연습을 하는 시간이 되어 주었다. 늘 당연하게 여기던 생활에서 잠시 벗어나 있었기에 무엇을 서두르지 않아도 되는지, 무엇을 놓치지 말아야 하는지가 분명해졌다. 바쁘게 흘러가던 하루 대신 가족과 함께 식탁에 앉아 하루를 공유하고 계절의 변화를 몸으로 느끼며 사는 삶이 우리에게 얼마나 중요한지도 다시금 깨달았다.

지금도 우리 가족은 종종 캐나다에서 있었던 일들을 이야기한다. 여름이면 스플래시 패드를 찾아다녔고 겨울이면 시청 앞 스케이트장에 갔다. 핼러윈과 크리스마스에는 잊을 수 없는 경험도 했다. 할아버지, 할머니 하면 한국의 조부모님과 캐나다에서 만난 조부모님을 함께 떠올렸다. 여행지에서의 사소한 해프닝부터 공항에서 아내와 잠시 이별해야 했던 순간까지, 그 기억들은 시간이 지나도 바래지 않고 언제든 우리 가족 안에서 다시 살아난다. 그 사실 하나만으로도 모든 것이 충분하다고 느낀다.

물론 캐나다에서 보낸 1년은 우리의 인생을 완전히 바꾸어 놓지는 않았다. 하지만 그 시간은 우리가 어떤 방식으로 하루를 살아가고 싶은지, 무엇을 기준으로 선택하고 싶은지를 분명하게 보여주었다. 그리고 그 기준은 다시 일상으로 돌아온 지금도 여전히 유효하다.

이제 우리는 그 시간을 가슴 속에 간직하고 각자의 하루를 살아간다. 캐나다에서 얻은 것은 특별한 기술이나 결과물이 아니라 삶을 대하는 태도였다. 그 태도를 잊지 않는 한, 어디에 있든 우리는 우리만의 속도로 삶을 이어갈 수 있을 거라 믿는다.

온 가족이
캐나다 1년 살기

초판인쇄 2026년 3월 31일
초판발행 2026년 3월 31일

지은이 박상민
발행인 채종준

출판총괄 박능원
책임편집 문서영
디자인 홍재희
마케팅 문선영
전자책 정담자리
국제업무 채보라

브랜드 크루
주소 경기도 파주시 회동길 230 (문발동)
투고문의 ksibook1@kstudy.com

발행처 한국학술정보(주)
출판신고 2003년 9월 25일 제406-2003-000012호
인쇄 북토리

ISBN 979-11-7457-522-7 03810

크루는 한국학술정보(주)의 자기계발, 취미 등 실용도서 출판 브랜드입니다.
크고 넓은 세상의 이로운 정보를 모아 독자와 나눈다는 의미를 담았습니다.
오늘보다 내일 한 발짝 더 나아갈 수 있도록, 삶의 원동력이 되는 책을 만들고자 합니다.